人可以有
多孤独

孙未 著

人民文学出版社

图书在版编目(CIP)数据

人可以有多孤独/孙未著.—北京:人民文学出版社,2021
 ISBN 978-7-02-016580-3

Ⅰ.①人… Ⅱ.①孙… Ⅲ.①中篇小说-小说集-中国-当代 ②短篇小说-小说集-中国-当代 Ⅳ.
①I247.7

中国版本图书馆 CIP 数据核字(2020)第 162570 号

责任编辑　朱卫净　杜玉花　周　展
装帧设计　钱　珺

出版发行　人民文学出版社
社　　址　北京市朝内大街 166 号
邮政编码　100705
网　　址　http://www.RW-cn.com

印　　刷　杭州钱江彩色印务有限公司
经　　销　全国新华书店等

字　　数　120 千字
开　　本　889 毫米×1194 毫米　1/32
印　　张　7.625
版　　次　2021 年 4 月北京第 1 版
印　　次　2021 年 4 月第 1 次印刷

书　　号　978-7-02-016580-3
定　　价　49.80 元

如有印装质量问题,请与本社图书销售中心调换。电话:010 - 65233595

目录

001
鹰

101
小　刀

161
蓝湖庄园历险记

181
人可以有多孤独

219
我走进了挪威森林……

鷹

＊＊＊

　　我从没见过一头真正的鹰。在之前漫长的三十年里，我没有仰望天空的习惯。

　　城市的天空终日晦暗，夜晚少有星月。更要紧的是地面上有太多事情需要忙。在硕士毕业后的最近六年里，我一直忙碌在方形的隔断里。隔断先是普通塑料的，后来按级别调换成了青钢龙骨的，上端是玻璃，米白色外框，以下部分是蓝色吸音材料。人们羡慕我顺利升职，尤其还是在一个世界五百强的公司，其实我每天的生活不过是收邮件回邮件，群发抄送转发，像一尾被养在电脑屏幕里的鱼。

　　医生看着我脖子的 X 光片说，你颈椎的生理曲度已经消失了，你不能一天到晚低着头，要经常做这个动作。他做了一个仰望天空的姿势。我也学着仰起头，结果只看见了白茫茫的石膏天花板。

我的脖子僵硬，情绪烦躁，于是我决定去旅行，一次用完我攒的所有年假。

请出假来已经是秋季了。这是我人生中第一次长途旅行。我决定往云南去，并且独来独往像个传说中的背包客那样。我穿着公司某年作为福利发给员工的冲锋衣，棒球帽檐压得低低的，背包里装着手提电脑、帐篷和睡袋，手持金属登山杖，胸前还挂着一台新置办的尼康单反相机。我从出发的第一天就开始故意不刮胡子。我毫无目的地从一站到下一站，为自己的落拓沾沾自喜。几个月后我再回想当时的自己，下颌留着并不茂密的胡子，帽檐下白皙的胖脸和金丝边眼镜，冲锋衣下臃肿的身躯，周身蝴蝶般鲜艳的旅游者装束，那应该比穿着西装坐在办公隔断里的模样还可笑几分。

沿途山坳农舍里的大妈和孩子们脸庞红黑，眼眸像高原的天空那样清澈。他们在递给我粑粑和热茶时问我，叔叔，你从哪里来？

我答，上海。

他们又问，海，什么是海？

我答，海就是很大的一片水，就像你们屋后雪山上融化下来的溪流，比那更宽更深。

他们眨巴着眼睛说，那么上海就是很大的一片水吗？

我说，我在上海不常能看见成片的水，我每天看见的是很多钢筋水泥的盒子堆在一起，一栋栋堆得有山那么高，人们住在盒子里就像鸟儿住在笼子里。

于是他们感叹，多么神奇啊，跟我们说说你来的地方吧。

我努力描述道，我来的地方，天空比我们居住的盒子狭小，汽车比飞鸟多，电线杆比树木多，水泥覆盖的道路上留不下脚印，电脑屏幕里的世界大过整个城市，我们整天低着头，颈椎不再是S形的，我们低着头却看不见地上的野花……

他们听得目不转睛，惊叹着，多么神奇啊，你一定是从神居住的地方来的！

他们说着这话的时候，我感到有一阵凌厉的凉风从脖颈后面掠过，帽子被拔起骨碌碌向远方滚去，我仓皇地追赶帽子，周围的草木纹丝不动，那阵风仿佛就是专为我而来的。我回想当时有什么异样的事情发生，好像随着风声，还有一片黑翳从我头顶飞过，伴着森然的气息一闪而逝，我的视线还来不及捕捉地上的影子。但是我确信那是一只可怕的怪物在半空中作弄了我，也许它现在还躲在高树浓密的枝叶中待机而发。

我脊背发凉，捡了帽子不敢戴上也不敢抬头，缩着脖子脚步踉跄地逃离了那里。

***

云南的秋季天空湛蓝高远，云朵变幻万千让我沉迷，田野里的狼毒花正在渐冷的风中盛放。每到这个季节，几千公里以外的鹰就乘着西伯利亚的寒流而来，它们张开翅膀在温暖南方的上空盘旋，居高临下地睥睨着这方陌生的人世间。

山脊的空地上有一张孤零零的猎网，满是新旧不一的补丁。四下宁静无人。

我几天里徒步或包车经过此地，每天都看到同样的场景，太阳一寸寸爬过这张两人高的网，把它的影子由长缩短，由短拉长。如果不是网上还拴着那只已经百无聊赖到很久才扑腾一回的灰鸽子，我几乎怀疑那只是个被遗弃的物件。

长途飞行的鹰群在高空搜寻它们的猎物，灰鸽子又懒洋洋地挣扎了一下，就在我眨眼之间，一道黑色的闪电撞入猎网，网上的铃铛剧烈地响了起来，刚才还只有落叶的空地上忽然跃起了一个头发花白的高大男人，像一个幽灵从地底现身。他显然是一直藏身在事先挖好并伪装完美的地洞里，透过落叶的缝隙凝视着他的猎网。我很难想象他无声无息地在泥土阴冷潮湿的地洞里蛰伏了多久，干粮和很少的水，一天复一天隐忍地等待，更难想象他在狭小的空间里一动不动这么久，还能关节灵活四肢矫捷地一跃而起。

  黑色的乌云在猎网里咆哮，楔入地面的桩子被连根拔起，整张网被掀翻在地，猎物张开巨大的翅膀试图带着网飞起来，男人被拖曳在地还死死抓紧网口，他翻身按住他的猎物，再被甩到泥土上的时候，手和脸上的口子都涌出了血，他依然没有松手，猎物的挣扎并没有减弱，他的动作逐渐变得沉重与迟缓。有一刻我看见他拔出了猎刀，我期待他手起刀落结束这场战斗，他犹豫了一下竟然扔下了猎刀，顺手从地上捡起一块石头砸了下去。

  几分钟之后，我看见他从网里取出依然挣扎不已的猎物，头朝下装进一只长袋子里，将地上没有用过的猎刀重新放回腰间的刀鞘，收起猎网，然后背起那只粗布袋子就像背着一只安详的枕头，脚步轻快地沿着山路消失了。

***

  几天后我打算到附近的一个古村落去看看。包车的司机把我安排在新城的一个宾馆住下。新城离古村二十分钟的路程，我研究完地图才睡下。夜里忽然降了温，天没亮就冻醒了。干脆赶早带着相机步行去村里。

村庄的石瓦屋顶上反射着微弱的晨曦，流经每家门前的溪水在寂静中淙淙歌唱，我一路走一路举着相机取景，就看见有一家院子的门半开着。

我探头进去，门口的黄狗睡眼惺忪地没有吠我。这是一个简陋而不失整齐的院子，两层的大屋带着右侧的一间柴房，方寸间青草还绿，种着柳树和三角梅，唯一有些邋遢的是泥地上有一片片石灰般的白色痕迹。后来我才知道鹰的粪便是白色的。如果只是看见了这些，我会无声无息地退出来。可是我看见大屋前坐着一个人，他坐得纹丝不动，半闭着眼睛好像盹着了，右手臂却纹丝不动地平端着，皮手笼上停着一头威武的大鸟，离我只有五米的距离，纤羽可见。

关于"鹰"这个字眼，以前我只在电脑上拼写某个字时偶尔见到，也许我正需要打出一个"应该"的"应"字，"鹰"掠过我的视野，然后我毫不犹豫地跳过它。至于鹰究竟是什么样子的，也许我在家里客厅五十二寸的液晶电视屏幕上看见过它，抒情镜头中蓝天上一个远远的黑影，顶多是动物世界中的一个特写，我甚至不能确定它究竟小如麻雀还是大如飞机。

不过这一刻我确定那就是一头鹰。

因为我看着它脑海中不知怎么就跳出了"禽中之王"这个词,这头大鸟足有半人高,它收拢羽翼平端着双肩,君王一样沉稳地扬起下巴看着我。举着它的是一个长手大脚的老人,他非常健壮,花白的发茬和胡须,红铜色的脸,眉毛倒挂,脸上的肌肉仿佛石头一样附在骨骼上,皱纹宛如刀刻。

不知是鹰还是人更吸引我,我鬼使神差地举起了相机。我在想,这样的一张照片回去转发给全公司的同事,不知会赢得多少赞叹。我心怀侥幸,盼着趁老人还闭着眼睛,按下快门之后悄然离去。

快门按下去了。我的闪光灯因为天色太暗自动亮了,把我自己都吓了一大跳。老人睁开了眼睛,他的眼里满是血丝,被惊扰的目光带着怒意。手臂上的鹰好像感染了老人的震怒,它蓦地飞起像黑色的闪电扑向我,那一刻我眼睁睁地看着它锋利的喙和利钩般的爪子逼近,它的目光仿佛已经像刀刃先划到了我的脸颊上。我已骇然得完全失去了意识,像一座雕像般无法挪动,就听见老人及时地喝了一声"咋!咋!",鹰在离我几寸的地方忽然停止了动作,张开翅膀向后退去,它的翅膀有两个书桌那么大,它张开着黑色花翎的巨大翅膀就像一种示威般向后退去,眼睛依然不动声色地盯着我。

我这才想到踉跄地向外逃去,我太惊恐了以致忘了脚下,院子里的一团粗麻绳缠住了我让我重重摔到地上,绳子牵扯着一根棍子从天而降,正好打在我的小腿上。

这是一根架鹰杆。这根不知站过多少雄鹰的棍子从两米高的地方砸下来,我能清晰地听到自己的小腿骨凄厉地一声脆响,仿佛我的命运找到了我。我抱着腿在地上打滚,与其说剧痛不如说是因为惊恐而大声号叫起来。

阿芯就在这个时候从大屋冲出来护在我的面前。她气恼地嚷嚷着,老爹,大早的你又吓唬谁了?

老爹护着鹰退了一步,反驳道,他自己闯进来的。

阿芯扭头不听他解释,自顾蹲下问我,起得来吗?她的语气硬而短,声音沙哑,像一段段粗糙的木桩。

我透过满眼金星看她。她是一个非常瘦小的女孩,脸色黝黑,细小的眼睛占了整张脸的光芒,她毫无表情地端详着我,发辫还凌乱着,想是还来不及梳头就冲出来了。我连忙像找到救星一样对着她大喊,救救我,我骨折了!

怕她听不懂，我又补充了一句，我的腿断了！

老爹在一旁插嘴，断了怕什么，一会去大石桥后面请长老来一次。

阿芯仍然不搭父亲的话，兀自收拾起摔烂的尼康相机装进我的背包里。

我慌乱地问阿芯，什么是长老？

阿芯答，村里的巫师。

我崩溃地大喊起来，我要医生，送我去医院！

阿芯冷冷地打断我，是送你去医院，叫什么。

老爹站起来。我这才发现他比常人高，大约一米八五左右，肩平背宽，加上手臂上站着一头鹰，看上去像个巨人恶魔。阿芯倒是一点没遗传他的个头，站在他面前高仰着头跟他说话。矮小的女孩颐指气使，巨人微微弯腰弓背。

阿芯指了指地上的我说，老爹，你背上他，我们去医院！

老爹张了张嘴没出声，再张嘴时说，这熬鹰的时候，我得架着。

阿芯对这个回答并不意外，只哼了一声，就去屋里打了个电话给谁。等她出来，老爹讪讪地架着鹰又坐回在了屋前。

阿芯蹲下来拉我。我正奇怪她要干什么，她已经掀起我的胳膊把我架在她的肩上。我又大叫,这次是因为怕她支撑不住把我摔在地上。她不顾我挣扎,三两下利落地把我完全背在她的肩上就往门外走。

于是我再也不敢动了,肉圆的肚腩压在她弯下的腰上,她细小的骨骼在我身体下吃力而坚定地往前走,村里的土路在我眼前摇晃。她虽然很快开始喘气但脚步并没有迟缓,小而坚硬的手拽着我的手腕越来越紧,断了的小腿被拖在地上,我疼得出了一身冷汗忍着不吭声,我甚至咬牙提气希望自己能轻一点。一个矮小的女孩背着一个胖子走在不平的土路上。我想我一生都不会忘记这个时刻,我全身的重量都是她来支撑的。

对面脚步匆忙迎来一个男人,是阿芯刚才电话叫来的司机阿雄。阿雄把我换到了他的肩上。离开阿芯的背,我心里的愧疚放下了,伏在脚步如飞的健壮的脊背上,却生出了奇怪的嫉妒,我恨恨地想,我宁愿躺在这里不去医院也不要这个阿雄背。我虽然这么想着,却只是哼哼了几声就晕过去了。

***

接下来的日子,我住进了这个养鹰人的院子。

我被放在最大的一间客房里,紧挨着阿芯的房间。我以前是个手指被A4纸划破都要贴创可贴的家伙，这是我第一次骨折。我的腿上绑着石膏平躺在床上。医院给的止疼片放在床头的抽屉里。我发着烧疼得辗转反侧不得安宁，白天周身大汗昏昏沉沉，夜晚难得睡着一小会，却蓦然被一阵古怪的自言自语声吵醒，心兀自惊跳。

我睁开肿胀的眼睛透过窗户和门缝向外看，就见到月光下老爹架着鹰的巨大的身影在院子里来回踱步，他居然在跟手臂上的鹰说话，一边说一边还捋着鹰的背，鹰偶尔愤怒地扑腾翅膀，不堪其扰的模样。我想如果我是鹰，我一定要跳起来啄死这个老头，大半夜的自己不睡还不让别人睡。我扭动身体把头埋进枕头，老爹低沉的说话声喃喃不停让我心烦意乱，越睡不着就越疼，我恨不得跳起来冲出去掐住他的脖子让他住嘴。

这样一个铁铸样貌的人，我本以为是沉默寡言的，没想到他跟这头鹰竟然通宵达旦地絮叨了好几天，不眠不休。我在疼痛中被他搅扰得几乎疯掉。老爹跟鹰絮叨得烦了，还会架着鹰进我房间跟我絮叨。他和鹰的重量坐到我床上，床板震动得我的断腿又是一阵生疼。

他说，兄弟，说起来还要多谢你，那天清早要不是你闯进来拍照，我就不小心盹着了。我要盹着了，熬鹰就不成了。熬鹰就是我跟鹰比赛谁醒着到最后，我要熬到它在人面前放心睡着了，它就愿意归人驯，否则我只能辛苦捉了它再恭敬放它走。

我心道，你这哪里是熬鹰，分明连我这个人都一起熬了。

我想抗议却不敢，老爹眼睛熬得血红，看上去着实狰狞，焦躁的鹰就在床头离我半米的地方抖着羽翎，要是扑将下来我更是束手待毙了。我只得忍着疼和困喏喏应着。

老爹拍打了几下自己的脸，打起精神继续说，兄弟，断条腿算什么，为了鹰值得！有一年我带着黄狗和鹰在山里追一头黑熊，黄狗现在老了，那时候年轻骁勇着呢，箭一样追进了密林里。鹰也追，可是树挡了它的眼睛，飞偏了路线，我在后面一看，糟了，鹰要是飞远了听不见主人的吆喝就回不来了，鹰丢了我就白捉白驯了一场，而且那年整个冬天的猎季我就没了翅膀，只能和黄狗一起坐在火塘边喝酒烤火。我一着急就放下熊不追，掉头去追鹰，结果光顾着抬头看天，脚下踏空跌下了山崖，一条腿摔断了。我找了根树枝把断腿绑上，削了根拐杖硬是一瘸一拐地继续找鹰，这样忍着痛找出了五六里地，总算腿没白断，在一家农户找到了那头迷路的鹰……

老爹这么说着说着，我渐渐觉出他不是在跟我说了。他像是自言自语，更像是对着手臂上的鹰在倾诉，这种劲头真是热恋中的情侣也学不来。

我期待阿芯来看我，可惜她停留的时间总是屈指可数。

她问我，好些没？

我赶紧收起龇牙咧嘴的样子，勉强支撑起身子点头说，好些好些。我刚要再说什么，她放下粑粑和热茶，简短说声"吃吧"就走了。

一天三顿不变的粑粑，六句毫无表情的短话，就这么些。剩下我所能期待的只有希望她忘记关上我的门，或者盼着路过的风帮我把门吹开半扇，这样我就能看着她在院子里忙来忙去。

她终日忙碌，洗被单晾衣裳，烧水揉面烤粑粑，喂鸡种菜，连拿着工具整修院子这样的事情也是她在做。她的衣衫不是前襟被水打湿，就是后背被汗沁湿着。她的袖子总是高高挽着露出瘦小而健壮的胳膊。她的背影像小鹿一样灵动不停。她的发辫总有忙乱中散落的发丝粘在脸颊上，她间或用手背撩开。她黝黑的肌肤在阳光下闪闪发亮。她一件接着一件忙，并不赶工，也没有逐渐现出厌倦与怠重，她不断重复的动作里有种难以形容的自在与安然，像是一场自得其乐的舞蹈，让我着迷。

我发现阿芯对老爹说话一直是带着气恼的。似乎这并不是她还在怪他害我摔断了腿，这是阿芯的一个习惯。她把粑粑和热茶往院子的石桌上一摆，对着空气大声说一句，老爹，吃饭！她也不和他一起吃，也不等他的回应，转身就自顾去忙。她喂鸡的态度都比这和蔼。稍后她咬着自己的一份粑粑，看着篱笆里的鸡发呆。篱笆不是防鸡逃走的，而是防鹰扑了自家的鸡。

我有一次壮起胆子问老爹，阿芯怎么从来不和你一起吃饭？

老爹登时不说话了，瞪了我一眼，架着鹰起身出去了，床板的震动又疼得我咧了咧嘴。

一定是老爹赢了这头鹰，从某天晚上开始，老爹终于停止了彻夜的絮叨，院子里月光树影静谧，满山遍野是秋虫的呢喃，我沉沉一觉睡到天光大亮，醒来腿疼得更厉害了，额上火烫周身冰冷，气虚心浮，阳光刺眼。

忽然间，满屋灿烂的阳光黑了，我扭头看见窗口巨大的翅膀扑面而来，吓得我险些从床上滚下去，老爹"咋！咋！"的吆喝声像是贴着我的脑门响起来。这是熬鹰阶段过去之后，老爹开始给鹰喂食，训练它飞扑目标。鹰一次次在院子里练习攻击，我的屋里明灭不定，窗外鹰的喙爪近在咫尺，我心惊胆战，老爹时不时炸雷般的"咋咋"声音让我头疼欲裂，简直是个恶魔般的炼狱。

我觉得自己就要死在这里了。

肢体折断的伤引起全身应激性的高烧，忍不得疼的我吃掉了所有的止疼片，疼痛和日夜的搅扰要了我的半条小命。粑粑太硬我难以下咽，鉴于之前骨折的时候大呼小叫太丢脸，想在阿芯面前显得不那么娇生惯养，我把吃剩的大半个粑粑都藏到了床褥底下。每次见了阿芯，我又努力想表现得勇敢些，以至于她不知道我正在衰弱下去。直到驯鹰开始，我已经给熬得只剩下哼哼的力气。

当阿芯再次进来送早饭，我没有能勉强半撑起身子，反而半个身体滑落下来，褥子下的粑粑也掉了一地。我羞愧难当无力遮掩，满头大汗地呻吟起来。阿芯看了看地上的粑粑，走近前来。我感觉到她熟悉的手臂在扶我靠在枕头上，她掀开被子查看我的伤腿，她坚硬冰凉的小手试我额头的温度，随后她的额头合到我的额头上，我的脸颊上是她的气息，脖子上飘荡着她发辫上的碎发，有些痒。我看见她皱着眉毛收拾粑粑出去了。

过了一会儿她斟进来热茶，扶起我喂我喝。过了一会儿又拿来冰凉的湿布敷在我的前额。我像婴儿般任她摆弄。阳光透过眼盖一片温暖的红色，我闭着眼睛不看她，听见她忙进忙出的脚步声，说不出的安宁。

我睡着了半晌，蒙眬中闻见了空气中愈来愈浓的诱人鲜香。我以为是做梦馋的，睁眼就看见阿芯正低着头面对面地琢磨我有没有醒，我一睁眼把她也吓了一跳。她又扶起我，让我靠在她的胸口，床头摆着一只大盆子，整只老母鸡炖在汤里，她用手撕开了一点一点喂我，我努力嚼着竟有了想哭的冲动。

老爹在外面嘟哝着，闺女，你把下蛋的鸡杀了，这日子还过不过了？阿芯没好气地喊回去，你成天就架着鹰，我娘活着的时候有没有问过你，这日子还过不过？

晚上我吃了一碗软糊的鸡汤面，又是阿芯一口口喂的。我想，早知道我就不必假扮坚强了，这样反而能得来阿芯更多的关心。

我很满足，阿芯一天进来看我不下十次，少不了额头贴着额头试我的体温，一天三顿变着法子弄吃的给我。看得出古村贫俭吃饭都很简单，加上阿芯家人口少，她更不擅长捣腾什么美食，她就是实实在在找来材料，实实在在地煮熟给我。每天清早，老爹到几里地外的市集买回不带一点膘的新鲜瘦牛肉，回家用刀子割成细条当鹰食，阿芯硬是匀下一半来给我煮面条。鹰熟稔了院子里的扑食训练，老爹开始带着它和狗上山去实地训练，偶尔捉回来一只山鸡、两羽斑鸠，也让阿芯夺过来悉数煮给我一个人吃。

老爹自然是抗议的。他嚷嚷着，闺女，他不就是断了腿吗，怎么养点伤比养头鹰花费还大呢？阿芯顶回去，容你花钱养鹰是惯着你，一个大活人当然比鹰金贵！

阿芯说着就端着盆子又来喂我。

其实没几天我就精神好了许多，自己端着碗吃饭是没问题的，可是我故意没露出恢复的样子，病恹恹地半闭着眼睛，等着她一天三顿把我靠在她怀里。她的胸口灼热而有弹性，身上散发着尘土和汗的气息，发丝落在我的后脖颈里，我在吃每一口的时候先嗅到她手上炭火余留的香气。

老爹自从开始驯鹰，就再没来过我的屋子跟我絮叨。他不是对我有意见，只是不再需要用絮叨来抵抗数日不睡的倦意，我这个为他和鹰提神的第三者也就从摆设成了废弃物。他恢复了应有的少言寡语，除了偶尔的抗议之外，他全心全意都放在他同样沉默寡言的鹰身上。我乐得屋里的常客变成了阿芯，而且老爹少有干涉。

一个月之后,我开始能扶着墙走出房间了。

阿芯给我削了一根木杖,这天扶着我到院子里吃饭,老爹正好架着鹰从外面回来,三个人第一次坐在院子的石桌上。老爹很久没有跟女儿同桌吃饭了,显得很高兴。阿芯还做了几个菜,老爹拿出酒来大家一起喝,这就问到了我何时返程的事情。

* * *

我几乎已经忘记自己从何而来了。

能下床了之后我再次打开背包,尼康相机的镜头摔烂了,右手的豪雅高尔夫手表停在某个时刻,就像时间在这段日子完全停止了,手机也早就没了电。阿芯帮我把其余行李从新城的宾馆取回来,我找出充电器,给手机充上电之后才知道了日期,刚一开机短信就接踵涌入,还有公司总机无数未接来电的短信提醒,看时间都是三四周之前的,连篇累牍的文字短信则表现了领导与同事对我失踪不返的担忧、惊讶或愤怒。

我的休假是二十天,这已经是公司特批的结果,按照原计划我应该提前两天返回上海,稍事休息,提前一天到公司销假。在这个运转如机械般毫无误差的五百强国际公司里,耽误半天就是天大的事情。更何况我超假三周半,还连个电话都没有打回去。

我顿时意识到自己闯下了滔天大祸。当那根架鹰杆打中我的时候,当我为肢体的一部分断裂疼痛得彻夜难眠,在鹰的威慑下苟且偷生,又在阿芯的怀抱里装病不起的时候,我似乎觉得公司这回事就像遥远地平线上的建筑,因为远,所以看上去小得可以忽略。可是现在我要回去了,这事情又大得关系到我的容身立命。

而且很可能我已经无处可回了。

我头皮发胀手心出汗,我拿着手机想要拨回去却舌头僵硬。我不知道电话里我的顶头上司会有怎样的态度,冒出一大堆英语的谴责,还是干脆漠然地宣布,凯文吗,我们公司亚太区本来有四个凯文,现在只有三个了,有一个休假未归已经被除名了。

我握着手机,欲拨又止,忽然觉得自己可怜得像一条狗,鹰站在院子高高的架鹰杆上睥睨着我。我没有拨号,把手机又扔回背包里。这一刻我忽然有种失重的感觉,好像自己被抛离了以往三十年的世界,一瞬间像羽毛般飘起在湛蓝的高空。我这才意识到,可能在决定出来休假的时候,我就没有打算再回去那个窄小的隔断,所以一路漫步越走越远,在休假结束前一周还在古村闲逛。

在我退烧之后，阿芯也曾问我，从哪里来，以前是做什么的。

我该怎样描述过去的生活呢。我每天听着闹钟醒来，赶着地铁去公司打卡，在隔断里度过大同小异的一天，再打卡坐地铁回家，吃一份快餐，看一会电视，睡觉，周而复始。我的前后左右永远是各种化合材料的墙壁，我像是一个精密的零件运作在被设定的通道和空间里，生活味同嚼蜡，久而久之我甚至不想在早上睁开眼睛。我一天天发胖直到通体浑圆，我知道这不是因为吃得太多，而是因为厌倦。

我做的是采购的美差，除了像盆栽般坐在办公室的电脑前，还常要参加客户的饭局，这份好差事却败坏了我对吃饭所有的兴趣，饭桌成了假面舞会，热情的人类语言成了工具后是如此冰凉，人对食物的渴求变成了一种折磨，我尝不出食物的甘美，醇烈的酒不能让我沉醉只能害我呕吐。

我有一个同居的女友。我们一起生活了五年，各自忙着上班。洗衣机渐渐被洗衣店的上门取送代替。烛光晚餐改成外卖。有一天早上她离开了我，在我上班去之后她搬走了自己的所有行李，可悲的是，我到两天以后才感觉公寓里有所异样，再想到打电话找她，她的手机已经停机了。我是一条鼻子离地永远三尺之内的狗，我不仅从不抬头仰望天空，我甚至看不见女友脸上的悲伤。

我就是这样决定申请休假的，我想我原本就怀着逃离和自我放逐的愿望。

结果在这场犹豫不决的逃亡中，我这样一个孱弱的城市胖男人被一根架鹰杆打断了腿，多么可笑，这像是谶语，又像是一种指引，这根曾站着无数雄鹰的棍子打算赶着我走入另一种生活。

***

骨折需要静养三个月才能彻底痊愈，借着这个理由，我正好可以继续住下去。我与老爹说，房钱和饭钱这就补上。老爹面有愠色地打断我，这么说就是瞧不起我了，是我的鹰吓了你，这点吃住我们家还供得起！

我摆手，这么久的时间，我一个大男人白吃白住可不行。

老爹说，你要是过意不去，可以跟我去山里驯鹰打个下手。

我心道，这不是又要害我断腿断手吗。阿芯走到老爹面前瞪了他一眼，不容分说把酒碗收走了。

古村坐落在雪山脚下。晴日里，圣洁的雪峰清晰可见，像神灵睁开眼睛俯视大地。阴雨的天气，白云一朵朵从山脚升起来，将村庄包裹在梦境一般的雾气中。深秋的风一阵阵变冷，把山脊吹成了墨绿和金黄，告诉村里的男人一年之中最好的猎季到了。

在老爹精心的喂养和训练下，鹰的羽翼日渐丰厚，目光如电，姿态愈发威严敏捷，即将成为这个猎季天空中的王者。老爹带着鹰隔三岔五进山去。我呢，我总是支着我的伤腿半靠在院子里仰面朝天，任阳光从湛蓝的天空倾斜而下，瀑布般渗入我的每一寸身体，仿佛我的每一个细胞都被照得通体透明，像羽毛般轻盈。

我呆呆地望着辽阔得不可思议的天空，望着风卷云移朝夕变幻，望着飞鸟的翅膀骄傲地掠过天边。村庄里的炊烟映着蓝天，石瓦屋顶在阳光下闪闪发亮，雪水融成的小溪穿过家家户户的门前淙淙歌唱。院子里的三角梅落了，柳叶黄了。阿芯小鹿般的身影在我眼中心中徘徊不止。在逃亡的路途中，我歪打正着地找到了我的桃花源，想到这里，我几乎被自己感动了。我想匍匐在雪山下感谢神灵，就像每年远道而来转山的人所做的那样。我迷恋这里就像一头被豢养已久的鹰恋慕它的天空。

阿芯洗了被单，我自告奋勇帮忙她绞干。她握住一头往左拧，我抓着另一头往右，她一使劲险些把我掀翻在地上，被单这头脱手落在院子的地上，只剩另一头抓在她手中，她笑得直不起腰，我知道她不是嘲笑我，可是我依然羞惭不已。我陪阿芯去屋后的菜地，还没有弯腰做什么先一脚踩歪了两棵菜，伤腿还差点又在泥地里崴了。我终于看见了阿芯做饭的地方，堂屋正中的一间有个大灶，周围可以用来烤火，屋顶和四壁给熏成墨色。我学着阿芯那样用松明引火，把木柴架在上面，再将炭拨拢在火堆边，慢慢将炭火点燃，结果只弄了满屋子的烟，呛得我涕泪长流。

和古村如今许多人家的生计一样，阿芯也把院子的一部分改成了家庭旅馆。没有挂牌也没有固定客源，生意清淡到可怜，仅靠司机阿雄说服他班车上的零星游客来这里住几天。

每次听到院子里难得的喧闹声，一定是阿雄亲自带着客人来了，他总是这样一套说辞，这是我自己家，你们随便给些房钱饭钱就好，风景又好又舒服，住得舒心就多住几天。每当他说什么"自己家"，我的心里又泛起了那种熟悉的嫉妒，我埋怨自己为什么偏偏是他背去医院的，这下连恶言相向的权利也没有了。然而我没法比他做得更多，我的到来甚至让这个旅馆又减少了本来就可怜的生意，我占了最好的房间。

阿芯端出好酒和肉干来招待阿雄，她管他叫"阿雄哥"。

　　她也招呼我一起坐，对着我的后背喊，叔叔，你看阿雄哥来了。

　　她平时不叫我什么，因为院子里除了我就是老爹，可是阿雄来了她就叫我"叔叔"以示区分。我虽然知道"叔叔"是当地人对外来的男旅客约定俗成的尊称，心里还是因为这莫名的辈分老大地不舒服。我想到老爹一直叫我"兄弟"，那我就真的成了阿芯的"叔叔"了，这算怎么回事啊！

　　我一个月来第一次照了镜子，我明显晒黑了，阳光在我的胖脸上留下了幸福的色泽，摘下金丝边眼镜，两颊有了细白一圈的框痕，当初为了扮酷留起的胡子不知不觉已经很长，让我看上去像一头老山羊。我打了肥皂刮干净了，下巴青白一片。

　　阿芯正在一旁洗被单，看着我剃光胡子的模样又笑到捂住了肚子。她在我身边绕了一圈下了结论，你不老嘛，没了胡子精神多了。

　　我说，我本来就不比你大多少，你以后别再叫我什么叔叔了，把我叫得跟你老爹那么老。

　　阿芯问，那叫你啥？

　　我以前在公司的名字叫"凯文"，这是根据我原来名字"刘开"的"开"字谐音而来的，因为公司高层老外居多，而国际公司多用英语文件往来，大家都是用英语名字作为自己的代号，六年来人人都叫我"凯文"，为了区别于公司的另外三个"凯文"，他们还会习惯地称我为"采购部的凯文"，这就像我冲锋衣上公司的LOGO一样成为我的印戳，久而久之，除了人事部门以外，几乎没有人再记得我原来的姓名，连我自己都快忘记了。现在我当着阿芯念出了这个陌生的名字"刘开"，我甚至有一些激动。

阿芯眨巴着眼睛茫然看着我。

我忙解释说，刘是刘翔的刘，开是开心的开。

阿芯听懂了后半截，她说，开心，我知道，那我以后就叫你"开心"吧。

我现在是云南某个养鹰人院子里的"开心"，这个瘦小麻利的女孩每天用沙哑短促的嗓音这么叫我。我扎着彩色的头巾，脸庞和手臂黑红，我学会了生火与种菜，还能在阿芯忙碌的时候替手她煮茶与烤粑粑，尽管比起阿芯必然笨拙许多。入夜的时候，我从炭火中掏出煨熟的土豆扔给身边烤火的阿芯，我们用柴火棍拨去火烫的黑色外壳，里面沙而香甜的滋味让我们一边贪婪地大嚼一边开怀大笑，星光像潮水涨起在打开的大屋门前。

我偷偷到新城去订了一台洗衣机。在百货商店寥寥无几的选择中，我挑了最贵的一款全进口的，到柜台付款的时候，不知怎么我的脑袋里就冒出这样一句话来，"我穷得只剩下钱了"。洗衣机送到古村这个院子的运费比一台烘干机还贵。送到的那天，全村的人都来看热闹。阿芯的脸涨得通红。她说，开心，我不要你给我买这么金贵的东西，我还不起。

我问，如果我想要帮你洗被单绞被单，你让不让？

阿芯点头。

我说，你也知道我笨手笨脚，所以我打算用这个洗衣机帮你洗，如果你嫌我没力气，不能亲手帮你，那你就把这台机器扔出去好了。

阿芯咬着嘴唇不说话，我趁机让送货的人往院子里抬。幸而老爹又进山放鹰不在院子里，我像主人那样大模大样找到了合适的水龙头，让他们帮着把洗衣机安装调试好。

等所有的人都离开了，院子里重新恢复了安静，只有洗衣机突兀地发出运转声，阿芯这才走上前，远远地围着洗衣机转了一圈，用刚才在凉水里泡得通红的手捂着嘴，惊讶地看着这个怪物，不敢走近。她说，村里只有一户人家有洗衣机，她看见过几回，门是在上面打开的。我告诉她，这台是全自动洗衣机，所以门开在旁边，把按钮调好之后就不用再去管它了，它会自己一路洗完绞干。

她在我的鼓励下凑近蹲下，透过圆形的小门窥看里面翻卷的被单和肥皂泡，我教她怎么放洗衣粉，怎么选择按钮，何时可以把洗好的物什取出来晾起。我向她演示这台了不起的机器甚至还能像太阳一样把湿的被单变成干的。等我把烘干的被单从洗衣机的小门里取出来，她惊奇地摸着还火烫着的布面，叹息说，这么多褶子，还是天上的太阳晒得平整。

自从有了洗衣机，阿芯变得有些茫然。

原本洗被单的时间她无所事事，虽然我无数次告诉她，全自动洗衣机在运转的时候是完全不用去管它的，可是她还是搓着手在机器边上无措地走来走去，好像一个更麻利能干的人做完了她的工作，而她只能内疚而胆怯地在一边偷偷陪着。

我去新城的时候顺便买了颜料和笔，捎带修好了我的相机。我让阿芯给我找了一块木板，我拿出中学里出黑板报的伎俩，在木板上描上了几个美术字，"雄鹰客栈"。我把招牌挂在了院子门口，用相机拍了几张照片，又拍了院子内部的环境和客房，包括古村的一些风景。说实话，当老爹偶尔走开，只剩那头鹰站在院子的架鹰杆上的时候，我非常想偷偷拍下一张鹰的照片，可是我不敢，第一回的境遇吓倒了我，每次从鹰身边走过，感觉它威严地俯视我，我依然会腿肚子痉挛，心跳如鼓，自那以后，我还没有正眼对视过它。

我从背包里取出很久没有打开过的手提电脑，无线上网卡还没有过期，我试着把"雄鹰客栈"的照片和简单的路线发到旅游网站上。一周之后，竟然有了不少发给"开心"的邮件和短信，询问具体到达方式和预订房间。

我欣喜若狂，想到阿芯得知这些消息该有多么高兴。

我开始精心在网站上添加客栈的信息，渲染这方院子的美丽与奇异。我少不了写到院子里传奇的养鹰人，巨人般的老爹与半人高的雄鹰，熬鹰的过程有如执拗的骑手征服烈马，驯鹰则是让雄鹰的翅膀驮上自己飞翔的愿望，我描写亲历的一切，当然略过了被驯鹰杆打断腿的那一节，我相信这个网页会吸引更多人到这里来旅行小住。

"雄鹰客栈"很快在网上受到了热烈追捧，我在不断添加内容的时候才发现，尽管我曾经多么厌烦老爹熬鹰时的絮叨，但是当我的手指接触键盘，他与一鹰一狗游猎山中的旧事就清晰地回到了我的记忆中。有一年，老爹牵黄擎苍沿江而下，一路游猎到缅甸境内，成为村里的美谈。另一年，湖边的傍晚，黄狗撵起了一群野鸭，鹰矫捷无比，一夜就猎获了六只野鸭。又一回，老爹撒鹰追赶两只野兔，没想到兔子狡猾地钻进灌木丛中飞跑逃命，令鹰不得近身，他发足便追将进去，不顾身上脸上被无数尖刺划破，他跑累了鹰追，鹰被荆棘逼远了他追，最后野兔自己倒在了他的脚前，是被追得把肺跑炸了……

我在"雄鹰客栈"的网页上不断复述着老爹的故事种种，我不得不承认，这个地方令我神往的印象很大程度上来自老爹与鹰的形象，虽然我目前不想也不敢与老爹一起猎鹰熬鹰上山放鹰。也许，内心深处，我是希望有朝一日能如他一般也说不定。

＊＊＊

天刚刚亮，阿芯就疯狂敲我的门，她指着院子外面。不是院子的外面了，一大群花花绿绿的游客已经自动推开院门，走进院子里来。这阵势连黄狗都不敢拦。他们七嘴八舌地嚷嚷着，开心在这儿吗？我们是在网上跟开心订的房间，我们快累死了，哪里可以睡觉？

他们看上去和我初到这里时一个模样，全身外星人似的高科技面料和奇异装备，一看就知道是刚从城市的隔断中踌躇满志而又战战兢兢地出发远行，正兴冲冲地想以流浪者自居。在这晨光熹微的时候，他们有的压低着高尔夫球帽，遮挡并不存在的烈日，有的额上是照亮的头灯，光束晃着来人的眼睛。

　　这一回不再是阿雄把他们带到这里了，我可以想象他们在车上拿出网上下载的简易地图，指挥阿雄往东往西，他们口口声声要找的是雄鹰客栈和开心，不是他所说的什么可以借宿的"自己家"。现在阿雄就站在院子外面，想帮手却完全不知所措，在由我召集而来的众多城市人面前，他如愿以偿地显得笨拙和木讷。可是我忘了阿芯，她躲在我身后连话都说不出来。我本来是想让她惊喜一番的。我要告诉她，我能让她的客栈生意兴隆，而且越做越大。我才是她的英雄。

　　这时候游客们大惊小怪地欢呼起来，他们一眼看见了屋檐下站在架鹰杆上的鹰，七手八脚地解下身上的背包，掏出长短不一的照相镜头围了上去。

　　如此高大凛然的一头鹰并没有让他们有丝毫畏缩，按照城市的逻辑，他们习惯把所有的猛兽都看作是驯化的摆设，它们的出现和凶暴的外貌都是商人的噱头。我不知道鹰是否也意识到他们把它当成了游乐园的一部分，当人们嬉笑着围上去，它金色的眼睛蓦然射出愤怒的光芒，这是我第一次听见它的叫声，骇然的巨响像把清晨宁静的小院子顿时劈成两半，它已经扇动巨大的翅膀迅速而沉着地在所有人的头顶绕了一个圈，那一刻天空为之一暗，飓风让人们灵魂震颤，站立不稳。它的脚上拴着五米长的绳子连着架鹰杆，但是这丝毫没有影响它的从容，它威严地收翼站回架鹰杆上，犹如王者回到高处的宝座。

所有围上去的人早已器材落地，吓得抱着头蹲在地上。

随之出现在他们眼前的是一个红铜肤色的巨人，花白头发，满面刀刻般的皱纹。老爹出现在门廊上，睡眼惺忪，随手操起一把开山刀，怒气冲冲地喊，你们敢偷我的鹰，看我砍了你们的手！

阿芯叫道，他们不是偷鹰的，是来看开心的！我看到老爹把砍刀放下了，才想到纠正说，不是来看我的，他们是来住宿的，我找来的客人。

我想阿芯终于明白他们是些什么人了，她捂着嘴兴奋地笑起来，忙乱地跑去想安排什么，却忽然停下来，空着一双捋起袖子的胳膊，站在仅有的两间空房间门口。我伏在她耳边说了两句，她连连摆手说，怎么可以让客人家睡地上，主人家会被全村笑话的！我这就把他们领去其他人家住！我挡在她面前，压低了声音说，你不懂，他们睡地上才高兴呢。我背对着游客们不让他们看见我的口型，阿芯一脸茫然地抬头望着我，我认真而肯定地点了点头，她不知所措地顺从了我。

我们很快收拾出三间房间，包括我把自己住着的那间让了出来，每间一个床铺两个地铺，这让他们带的防潮垫和睡袋有了用武之地，所以他们果然愉快得很。剩下的两个人就在院子里搭起了一个帐篷，我们照收旅馆费用。阿芯红着脸收了押金，张了张嘴，没说出什么，扭身风也似的跑开了。

雄鹰客栈的生意在我的张罗下，一天好过一天。

游客流水般不断，我们在院子里加盖了两间屋子，后来又干脆加上了一个假三层，这样可住的房间有了七八间，我也从柴房里搬了出来，住进了紧挨阿芯的屋子里。村里的木匠一批批把订做的床铺送了来，嘴里叨咕着，从没做过这么窄的床，晚上怎么翻身啊？这些全出自我的主意，在城市里只是极其普通的经营常识，连地摊上的小商小贩都知道该怎么做，在这里我却感觉自己是个了不起的谋略家，像上帝一样七天造就世界。

我按照心里的全盘计划有条不紊地实行，阿芯惊奇地听从我每个指令，完全放弃了异议，她像一个迷路的人跟着我走，脚步踉跄而亢奋。这样行吗，开心？真的行吗？好吧，开心。她沙哑的声音犹疑地围绕着我。

最后她叹息道，这还是我家的院子吗，开心？打我生下来它就没怎么变过，现在我好像出了远门似的。

我拆掉了原本的太阳能热水器，换上了村里第一台用电的热水器，过去要等到出太阳的天气，而且要太阳足够猛烈三小时后才能有足够的热水洗一次澡，现在随时随地。只有我这个城市来的人才知道，这个条件对于旅客优先选择一家客栈有多重要。现在客栈在网上的预订数据越来越高了。而且几乎全村的游客都搬到我们的客栈来住，村民们有些不高兴，这没关系，我相信他们能在竞争中很快跟上我们的步子。阿芯勉强接受了我的开解，很大程度上，她是被我每个计划都能应验的效果折服，她说，你怎么跟村里的长老一样，走了第一步就能占卜到第十步会发生什么？

我在院子一角搭建了一个灶台，从新城运来了液化气，买了一整套锅。餐饮是多么重要的一块收入，有时候它甚至比住宿本身更赚钱，而且，如果只有粑粑，要让这些游客三餐吃什么呢？但是只要有了一日三餐，他们就不仅是途经这里，更可能在这儿小住一段。我这么跟阿芯讲解的时候，阿芯不解而近乎崇拜地看着我。

我不是商业天才，我不过是带着城市的经验来到一张乡野的白纸上，但是有时候我也不免自我膨胀，我感觉我就像来自未来的人，乘着时光机器来到古代，因此显得如此杰出。

游客们如今经常在旅游论坛上贴出我的照片，扎着彩色头巾面色红黑的胖子，戴着金丝边眼镜的传奇厨师。他天天穿着围裙露着胖胳膊在雄鹰客栈掌勺。他凭着以前无数饭局的记忆烹饪美食。他不能算手艺高超，但是他快乐的笑容感染了每一个人，让尝过他手艺的人都记住了他的名字，开心。

说实话，这确实是我一生中最快乐的时光。

我的幸福感像秋天的苹果，充盈而饱满，被不可言说的每一个细节充盈。我迷恋和阿芯一起背向蓝天在田里摘菜，迷恋我们在清澈如斯的溪水中洗菜的清香。我喜欢烹炒时魔术般的变化，阿芯在一边好奇地转来转去，我总是让她第一个尝。我热衷于观察她的表情，她总是烫得捂着嘴，还轻轻地蹦跳两下，如果她细小的眼睛忽然像月牙似的弯了，接下来她一定来抢第二筷子，更多的时候她龇牙咧嘴地追着我打，用坚硬的小手敲我的脑门。

有一回我心血来潮，到新城买回涂料，在院子的一面墙上努力了五天，画出了一只鹰和一片蓝天。我承认这很像儿童画，可是阿芯夸赞得很，往来的游客们也不以为忤，反倒说很有民族风情。

我自己都不相信我变成了这样一个人，对原本厌烦的所有琐碎充满了热情，并从中得到了活着的乐趣。在这个雄鹰盘踞的院子里，我恨不得亲力亲为，把生活的每个枝节都砌上钻石。我不再是那条鼻子贴地的狗，怠懒地挪动着身躯，那条狗曾经把隔断和地铁中的日月年，简化成一个还在喘气的符号。

但是如果我细心一点，我应该早些发觉阿芯的不快乐。

很多时候，当我用液化气和炒锅做菜，跟一批又一批游客自如地说笑，或是指挥工人如何翻修房屋，告诉木匠关于床和家具的尺寸，她看着我，就像看着那台让她羞愧的全自动洗衣机。她并不闲逛或歇着，也不去忙别的，事实上她已经不知道该忙些别的什么。她内疚而胆怯地跟在我身边，习惯地挽着袖子，露出黝黑的胳膊，却空空地摊着两只手，间或在衣裳上擦一擦。我当时良好的自我感觉并没有告诉我，她跟着我并不是因为喜欢，只是因为害怕这样惊人的变化。

阿芯问我最多的话是，这样可以吗？这样真的可以吗？

我肯定地告诉她没问题,过了半晌,她又无意识地问了一次。后来我才意识到,她问的其实是她自己,是我让她陷入了自责。

比如她养的鸡,我都以八十元一只的价格煮给游客吃了。我对游客说,这样收费是因为鸡完全是家养的,品质比饲养场的好。这以后,我从新城的菜场定期采购活鸡放入阿芯的鸡圈里,自然是养不过一两个晚上就变成了游客桌上的菜,最多的一天煮了十一只,有三只是我搭阿雄的车去菜场直接买的。供不应求,我如今为这些"家养鸡"的开价是一百二十元一只。

还有,我总是允许预订超出床位数,所以我们院子里永远都有游客搭帐篷住,我依然按床位来收费。有时候帐篷都装不下他们,我不得不把一些生意分配到村里别的人家,但是我要抽成一半的旅馆费,等旅客结账之后由这些人家给我们送来。阿芯自责而尴尬,她没有反对我,因为这是我对她的好意,她对我开不了口,可是她收钱时更开不了口。

盒子里的人民币满了,阿芯取出来捆成一束。我见她盘腿坐在堂屋里,托腮看着这些钱怔怔发呆。对于她的困扰来说,这些纸片也许是最有说服力的,也许是最无力的也说不定。

很多年后,当我回忆这一切,我才慢慢看到曾经的全景，为什么当时我一心向前奔跑，对周围潜藏的危险依然视而不见呢？我想，如果时光倒流，阿芯这个善良却直率的姑娘，她可能有一天会忽然跳起来喊"停"。要是没有发生后面的事情。

＊＊＊

在一片喧闹与忙乱中，我们几乎忘记老爹和他的鹰了。他们变得像雄鹰客栈的幽灵一般无声无息。为了避开聒噪不已的游客，老爹早早地架着鹰，牵着黄狗去山里打猎，夜晚他把鹰带进屋子里饲弄。

他们有如传说般漂浮在客栈日益繁华的光影背面，有时候我觉得不是老爹和鹰疏离了我们的世界，而是我们正在一条飞驰的路上离他们越来越远，他们凛冽的威仪依然，却不再洞开我的眼睛，震慑我的耳膜，让我的心怦然跳跃。

也有不少日子，老爹留在家里，黄狗在院子里打盹，鹰站在离地两米的架鹰杆上。

自从惊吓游客的事件发生以后，我在架鹰杆背后的墙上粉刷了一块醒目的白色，特地用黑漆写上：猛禽危险，非观赏驯化动物，禁止靠近，禁止摄影，违者死伤自负！

这么一来拍照的人倒是减少了，但是我忽略了游客们的另一个嗜好，就像他们认为任何东西都是可以被拍照的，他们也认为一切动物都是可以喂的。尤其是在我建立了雄鹰客栈的美食厨房之后，他们一日三餐的余兴节目就是试图喂院子里的动物。

黄狗明显胖了，在人们的娱乐中，它几乎尝过客人桌上的所有肉菜。

对于这头骇人的鹰，自然没有人敢拿着筷子去喂它，不过他们对它吃什么更感兴趣。人们拿着装了食物的盘子放在离它不远的地上，观察它是否飞下来取食。他们尝试过各种食物，鹰的傲然不理更激起了他们无穷无尽的兴趣。有个人看见过鹰在老爹的皮手笼上啄食生牛肉，他从我准备的配料里找到了差不多的牛肉丝。这一回，乱箭终于射到了靶心。当鹰飞掠而下，从盘子里叼起食物又回到竿上，整个院子发出大惊小怪的欢呼。老爹推开门向外望了望，不知道发生了什么。

随后，他们又试着喂过它切成条的生鸡肉、生猪肉等等。有人还特地花钱让我去城里的菜场买回鸽子，等老爹出门的间隙，敲断翅膀后看鹰掠食，那自然是比看它叼吃肉条有趣多了。

老爹无知无觉地继续带着鹰与狗去打猎，几天回来都生闷气，关上门不肯吃晚饭。阿芯告诉我，老爹放狗赶山鸡，狗懒洋洋的，狗确实年岁大了，老爹觉得怪不了它。可是等老爹撒鹰追野鸡，鹰一张翅膀，居然飞上树枝开始打盹，眼睁睁看着猎物逃去无踪。每天都是如此，还打什么猎。阿芯虽然不赞成老爹养鹰，这时候也面色凝重地小声问我，开心，你说这和他们总是喂鹰有关系吗？其实连我都感觉到，这头鹰对食物的贪婪和敏锐在减退，它掠食的动作也渐渐变得迟缓。

有一天，老爹回来把皮手笼狠狠往地上一甩，鹰刚要飞上架鹰杆，他将鹰绳使劲一带，险些把鹰囫囵扯下来。他低吼着，我的刀子呢，看我把这鹰今晚宰了烤了吃！

随后他忽然想起了什么，回过身用他满是血丝的眼睛瞪着我问，我说我的鹰怎么会重了这么多，你是不是给它偷偷吃了什么？你以为它是你家养的一只老母鸡吗！

关于如何驯鹰，我后来才知道，老爹每天给鹰喂的生牛肉都限制的，他还特地把血水冲干净才喂，防止营养成分过高。鹰只有时刻保持饥饿，才会有捕猎的热情。饥饿刺激着它骁勇光荣的本性，而没有一丝肥膘的身躯，保证着它的每一次攻击都以不打折扣的凌厉迅猛，实现禽中之王的荣耀。

那天打猎的经历让老爹觉得莫大耻辱。

乘着西伯利亚寒流到来的雄鹰，居然追不上一只已经被赶着飞起两茬的肥山鸡。鹰放弃了追捕，摇摆着回到枝头。这时候更不堪的情况发生了，一头途经的雕在高空踢昏了一只鹌鹑，使它倒栽着脑袋落下来，老爹的鹰居然扑上去擒住了它。老爹气得抓过这只鹌鹑，一甩手就扔到山谷里去了。

老爹一发火，房客们都唰地在院子里散开，各自回到屋里，又从门缝窗户里探出脑袋来看。鹰在架鹰杆上扑簌簌拍着翅膀，天空中大地上所有的活物，谁能抵挡被喂养的诱惑呢，现在它显得惶恐不安，丢失了它在半饥半饱时的王者风范。

老爹没有再对我理论什么，他重手重脚地整理着打猎的家什，嘭嘭作响。阿芯在一边皱眉站着，见老爹好久还在生闷气，软着口气说，老爹，还有客人在，别把人家吓着了。她也许太久没有好声好气跟老爹说话了，短促的声音依然显得生硬。老爹忽然气鼓鼓地扭头答话，这是我的家！谁让你把它改成旅馆的？他声音不大，脸上的皱纹却异常僵硬。我猜他从来没有这样跟阿芯说过话，他总是带着我不懂的负疚的讨好，捋软了满脸的线条对待阿芯。

院子里出奇地静，连鹰都不再掀动它的翅膀，黄狗停止了摇尾巴,翕开的门窗凝固在一个角度,所有的偷窥者都不敢喘气。阿芯站在那里,我第一次看见她表情简单的面孔正堆积起一层浓似一层的委屈与悲伤,忽然间,她蹲在地上大哭起来。

她说,要是不做这旅馆,我娘走了以后,从我十四岁到现在,我们靠什么吃饭?

她又说,你除了你的鹰,想过家里的生计吗?我娘就是因为这个累死的呀,你怎么还天天守着你的鹰,什么都不顾呢?

那天阿芯哭了很久,哭得满头大汗,好像要把胸腔里积压的所有委屈都哭出来。老爹蹲在她身边默不作声,满脸石头一样的肌肉微微颤动着,倒挂的两条眉毛悲哀地耷拉下来。天就这样渐渐黑了,冬夜的星辰照着院子白色斑驳的鹰粪痕迹,雪花一般。

也就是那个夜晚,我终于知道了阿芯为什么总是带着气恼和老爹说话。

阿芯讲给我听,她的娘名叫阿兰,年轻时玲珑得像姑娘挂在耳垂的坠子,整个古村的男子都喜欢她,她不仅容貌可爱,而且各种家事都干得麻利,背水时脚步轻捷像一只野兔。阿兰就想嫁给老爹,因为他是当时古村最剽悍的男子。他刚刚成年就显露与雄鹰相处的天赋与狂热,在男人们架鹰上山打猎的比赛中,他永远是胜者，傍晚时分，牵着狗提着猎物，骄傲无比地架鹰回村。

但是养鹰是花钱的嗜好，不是养家的本事，阿兰家所有的长者都对这门婚事摇头，阿兰还是嫁到了老爹的这个院子里。她只迷恋他架鹰上山的模样，不喜欢弯腰耕作的男人，老人们都说，这种迷恋是注定要让她吃苦的。后面的很多年里，阿兰耕作、编织、养鸡，生下了阿芯，负担着整个家的生活，每天到后山背水也是她的分内事。上下山的路很陡，水桶压得她的双肩酸痛，两腿沉重，她从来都是一个人来回。

她发现老爹所有的快乐只来自他的鹰，有鹰的日子，他的全副心思都在鹰身上，鹰放飞走空的日子，他就像一具行尸走肉，成天发呆提不起精神，仿佛现实生活是鹰翅膀上一片羽毛的幻影，每年去来的鹰反倒是土地上根深叶茂的粮食。她并不责怪他。她觉得他的迷恋正如她的，他的魂灵只系挂在鹰背上，她的魂灵只属于一个梦中有鹰的男人。阿兰就这样渐渐老了，没有人觉察她笔直的脊梁开始佝偻，微笑的脸颊不再光滑，背水下山的脚步一天比一天吃力。老爹熟悉他每一头鹰的羽翎，却始终没来得及细看阿兰的容貌。

阿兰死于背水的途中，她滑倒了。当时阿芯十四岁,将近傍晚,天边的云泛出玫瑰色,阿芯刚刚和好面,烤上粑粑。老爹正在山上放鹰,做着他经年不变的任性的游戏。阿兰死去的那年,古村大部分男人都早已为了生计放弃了养鹰,有的到新城打工,有的趁着附近旅游的发展做些小买卖。老爹是村里仅剩的养鹰人。

我想,那天如果不是因为老爹发怒,阿芯委屈地大哭,结果也许不会是老爹的全盘退让和阿芯在近乎气恼的决心中大步向前。雄鹰客栈也许不会毫无反省与顾忌地飞快发展,整个古村也许不会变成后来的模样。

从这以后,阿芯不再问我,这样真的可以吗?

她应该也不再问自己了。她似乎开始坚信,一份养家活口的赚钱买卖,远比那些缥缈如鹰翼的内心感受重要得多。她茫然而忙碌地跟着我干这干那。当她忙着打扫、晾被单,她挥舞胳膊露出昔日的笑容。当她无事可做,她蹲在院子的门廊前,脸上现出淡淡的哀伤。

对于滋扰的游客,老爹从此比无言更缄默。他似乎完全放弃了对这个院子的控制权,任凭他的家成为一个经营场所,而他和鹰成为木然的展览品。或者说,他更宁愿人们忘了他们的存在。鹰的威严和凌厉笼罩下的气息正在这院子退去，当游客举起相机，老爹只是冷冷地背过身去。有时候他甚至就这么面带愠色地直视相机，等看到拍摄下来的效果之后，没有人会保留这张照片，一个展览品无声的质问让人不快且不安。

而注意到鹰的游客正在日渐减少，尽管这个巨大的家伙还是时常矗立在一人多高的半空中，新的客人从它身边经过却大多视而不见。

我回想当初第一次迈进这个院子，我是怎样被这头鹰吸引的，在看到它的形貌之前，它锐利刚猛的威仪已经袭到眼前。如果它的存在曾经让谁震动，以至于不得不仰头注意到它，那一定是因为这个。如今它不同了，好像一枚太阳所有的光芒忽然钝了，被折断了，变成了一个徒有其形的橙色皮球。它同样站在两米的高度，人们从它脚下蜂拥而过，大多数人要经过几次才发现它，当人们偶尔抬头望见它，也没有特别地一惊一乍。

我琢磨着这种变化是何时发生的，仿佛是在鹰吃下第一口游客的饲喂之后，它就和院子里的鸡大同小异了。幸而如此，现在的游客已经没什么人想到要喂它，他们更愿意用米粒喂鸡，看它们争抢的样子要有趣得多。喂狗也算二选，至少它会摇尾巴。

***

我记得，我与老爹短暂的和平很快结束在一个偶然的下午。这是新历年底将至的时候，我住在古村已将近四个月。我一手造就的雄鹰客栈在网上的预订有增无减。

元月冬季的天空有一种漠然的蓝，山间的风带着冰雪的寒气，院子里的草枯尽了，阳光是糖果的颜色，却在下午时分才感觉到一点温度。所以到了这个时候，雄鹰客栈里久住与途经的游客们就聚集在院子里，晒着太阳找人搭讪，一边喝茶一边笑闹喧哗。我在他们中间说笑着，感觉自己像一个异邦的国王。

阿芯在哪里呢，好像是小鸟般穿过人群，抱着晾干的窗帘消失在楼梯的回廊上。

我们根本没觉察到老爹是什么时候出现的，他巨人般的影子忽然遮住了茶盏中的阳光，我还没来得及抬头，他的大手就已经抓住了我的衣襟，我在惊骇中感觉自己升高了，屁股离了凳子，脚尖离了地。我像一只虫卵被提了起来，羽绒服轻飘飘地包裹着我，刚才还跟我聊得火热的人们都在我膝盖以下，他们张大了嘴却没有发出任何声音。我紧闭起眼睛，打算挨那么几下，虽然我不知道又是什么激怒了老爹。

忽然间，在众人的惊叫声中，我重重落回地上，就听见老爹在我耳边低声说，明天跟我上山！睁开眼的工夫，他的身影已经消失在他屋子的门后，砰的一声门合上了。

我到底又是哪里得罪他了？我摇晃着胖脑袋苦思冥想。

就在刚才，人们陆续聚拢在院子的石桌边，带着游客惯常的活跃四处找人搭讪。我记得他们试图跟坐在门廊前的老爹说话，他的外形最能引起他们的好奇，老爹缄口不答。他们又跟正在喂鸡的阿芯说话，阿芯脸一红，躲到了我的背后。我刚洗完中午炒菜的锅，擦干油腻腻的手，就端着茶开始陪他们闲聊。这么些日子了，阿芯还是学不会跟他们搭话，每次都推着我的胖身子去堵他们的话。我跟他们总有数不清的共同语言，我们本来就是同类，其实这样的聊天在城市任何一家咖啡厅都能听到，根本不用千里迢迢到古村来聊。

他们嘻嘻哈哈，管我叫"老板"，管阿芯叫"老板娘"。来到这里的很多人都这么叫，我觉得没必要去纠正，他们只是旅客，或者说，只是客栈往来的生意。

今天当他们问我，老板娘忙什么去啦？

我顺口回答道，她呀，在楼上挂窗帘吧。

听着就像承认了我们的关系。想来正好被老爹收在耳里，激怒了他。

这天晚上跟阿芯一起烤火的时候，我只轻描淡写地对她说，明天要和老爹一起上山。我略过了老爹下午的怒气，也没有告诉她我的惧怕。老爹叫我上山应该不是打猎这么简单，这是男人与男人的谈话，还是要换个地方教训我呢？如果阿芯知道了，她一定会将我和老爹拦下来。可是好不容易我才成了她生活中的英雄，想到这里，我咬了咬牙。

就这样我硬着头皮沉默了一夜，辗转反侧，一会儿心慌意乱，一会儿又为自己的勇敢而沾沾自喜，直到后半夜才睡着了个把小时，都是噩梦。

第二天天色微明，老爹就叫起睡眼惺忪的我。

我们走出古村，来到山路上，清冷的空气宁静而肃杀，枯槁的树木在风中瑟瑟咆哮。我冷得把脖子和手都缩到了外套里，脚下一步一滑，是昨夜的霜冻，趔趄中踢落路上的碎石，骨碌碌滚落一侧的山谷中，很久也没听到落到底的声音。这一刻，我才开始真的害怕了，在这样的地方，如果有谁要把我推下去，完全可以说我是自己不小心失足的，而且尸体也未必找得着。

老爹架着鹰一言不发走在前面，脚步如飞，黄狗灵活地穿越在我们之间，我觉得自己就像一个等待被执行的死囚，胆战心惊地跟着行刑官。我看看老爹强健过人的后背，又看看重现雄姿的巨鹰，在愈走愈深郁的山路上，连那条衰老随意的狗都显得异常凶悍。我琢磨着都不用老爹亲自动手，只要鹰轻轻一扇翅膀，我就能从此消失，像遍地落叶丛中坠地的一颗小小松果。我气喘吁吁，脚步更乱，前方总有耀目的什么刺痛我的眼睛，是阳光下的雪山还是飞鸟的翅膀？我是多么后悔没有告诉阿芯，让她从老爹手里救下我。想到再也见不到阿芯了，我的眼泪怎么就不争气地迷蒙了眼睛。

你，带着黄狗去撵山鸡，往那边笔直下去，脚步快一点！老爹指着前方倾斜直下的山麓，又皱着眉补充了一句，别跟个女人似的拖拖拉拉！

终于到时候了。老爹和鹰拖着长长的黑影站在山头，审判者般不容置疑。我打了个冷战，忽然醒觉这不是自己的臆想，这的确是一场没有证据的谋杀！山顶刺眼的太阳像一盆水银当头而下，我胖额头上的热汗凝成冷汗，血从四肢退去，让我手脚发麻，舌头僵直，呼吸困难。我从来没有想过自己会这样死去，像美国西部电影中的倒霉蛋一样，被发落在荒郊野外执行私刑。我摊开双手无助地看了老爹一眼，他刀刻般的皱纹毫无表情地退回了我的目光，吆喝着，走啊，快！鹰也示威般振动了两下翅膀，像刽子手挥刀试手。

我转过身，拖着脚步，跌跌撞撞往山麓走去，山风像子弹凉飕飕地打在我的后背上，黄狗跑在身侧看押着我。在这绝望到近乎麻木的时候，我看到我的一生迎面而来，那些乏善可陈的日子掠过我，像冬天山上数不清的枯枝残叶一般。

黄狗纵身向前跃去，两只身躯滚圆的山鸡从草堆里慌乱地跳出来，扑腾着凌空飞起。我继续向前逃命，耳边听到老爹高亢的"咋咋"声，鹰的风声破空而来，我能感觉到后颈发凉，死神近在脑后。眼看山鸡钻进了灌木丛里，我忽然意识到这样鹰就扑不到我了，于是我也猫身跟了进去，劈面的荆棘划破了我的脸和手，汗水渍进伤口刀割一样，我只听见自己大口的喘息声，树枝摇晃着打在我脸上，又被我飞快甩到身后。

我忽略了黄狗，它可不怕灌木挡住它的翅膀，转眼间它就追上了我们，一阵狂吠地又扑了过来。我仓皇地加快脚步，山鸡被惊得再次不顾一切地飞起来，这次它们没有第一次飞得高，想是和我差不多，气力都在逃命中快用尽了。

就在这时候，一阵猛烈的飓风从我后背推拥过来，天空骤然黑暗，转明，鹰已经将其中一只山鸡擎在爪中，高高升起。我的呼吸几乎停止，双腿依然惯性地向前奔逃，面前没有遮挡，我已跑出了灌木丛，茫茫然站在空旷的山麓上发呆。此刻黄狗也叼住了另一只山鸡，老爹的身影大踏步迫近。我又向前趔趄走了几步，发现竟然走到了断崖边上，脚下是深谷，上下几十丈游戏着的山风亲狎着我的脸，我连忙退回来，只见老爹已经站在我面前了。

我背后五步之内就是悬崖，前方十步开外站着那个面如铜铸的老人。鹰张着翅膀轻轻停在他的皮手笼上，他不慌不忙从它口中取下山鸡，一刀结果，用刀背敲出脑髓，像帝王奖赏给得胜归来的大将一盏酒那样，喂给鹰。

我干咽了一口，恐惧在我胃里翻绞着。我想起四个月前，我也就是这么无助地面对老爹，然后阿芯像一个奇迹从天而降，她用坚硬的小手拉起我，把我背在她瘦小的背脊上。现在她到底在哪里呢？

老爹慢条斯理地擦干净刀子，抬眼看了看我，又把视线回到他的鹰身上，一边低沉着声音对我说，明天就收拾一下回你的地方去，以后不要再见阿芯了。

是真的吗，我还可以回去，不用死了吗？一时间，我扭着自己的双手，欣喜得难以置信。只差那么一点，我就要控制不住自己，连声称是，然后一溜烟地跑开去了。突然间我感觉不对，我颤抖着声音问老爹，你叫我上山来就是为了跟我说这个？

我问，凭什么你不让我再见阿芯？

老爹冷冷地答，刚才你也看到了，你根本不适合这里。

我说，能爬山打猎就适合这里了吗，打猎能养活阿芯吗？打猎种地的时代早就过去了，现在是商业社会了，你没有看到客栈的生意有多好，村里人有多羡慕，阿芯有多开心吗？

我没有说完所有的，主要是考虑到自己还站在悬崖边的缘故。但是老爹的轻蔑挑起了我的怒火，他就像打发一条野狗似的打发我，他觉得这么两下子就能吓住我离开阿芯了吗？即便不能明说，我也得婉转告诉他，我才是古村的英雄，他和鹰早已是过时的玩意儿了，就像堂吉诃德和他的长矛，他们以及他们所面对的战争都毫无意义。

老爹沉默了，风在我们之间川流不息，鹰仰头眺望蓝天。老爹沉默了许久，下定决心一样地说，你，配不上阿芯。

为什么？我抑制不住怒气了。

老爹大步走近前来，一把抓住我的衣襟，把我提到了悬崖边上，指着下面深不见底的山谷说道，为什么？就是因为我打赌，你不敢飞！

我的牙齿相互敲打出声,你你你,你这是要威胁我吗?要谋杀我吗?

老爹重重把我扔在地上,抚弄着手臂上的鹰说,你听过鹰是怎么学会飞的吗?我小时候见过一种鹰,一扇翅膀就有三米长,爪子有锄头那么粗。这头鹰飞得摇摇摆摆,好像支撑不住自己翅膀的重量一样,正好遇到下雨,居然就从空中摔下来了,溅起的泥坑有娃娃们戏水的池塘那么大。村里人请当时的长老来看,于是长老告诉大家,鹰是怎么学习飞行的。当一窝小鹰的翅膀上羽毛渐渐丰满,母鹰就叼着它们来到悬崖边,一个一个把它们扔下去。巴着岩石不敢下去的,永远学不会飞。当然很多纵身而下的就这样活活摔死了,但是一旦飞起来,就成了真正的鹰,在它们战死或老迈而死之前。长老说,这种鹰,在母鹰将它们抛下悬崖之前,还要一一敲断它们的翅膀。因为它们的翅膀太沉重了,只有敲断了,在飞翔中重新弥合生长,它们才能飞得像天空中的神。否则就会这样摔下来,变回地面上可怜的生物,而且奇形怪状的,还不如一条狗来得有尊严。

我是多年后才意识到,老爹这番话在怂恿我,不是羞辱我。这种觉悟也让我曾经怀疑过,如果当初老爹把我拉到山上,不是做出威胁我离开阿芯的姿态,而是威胁我永远留在阿芯身边,我还会不会做出同样的人生抉择?

当时,我正站在山崖边刀子一般的风里,抖抖嗦嗦地缩着脖子。老爹说完之后,就振动手臂放鹰飞上天空,我的目光不由自主地随着鹰仰向蓝天。我抬起头来,我又有多久没有抬头了?成天扎堆在游客中闲聊,让我已无暇欣赏头顶的云朵与飞鸟。我看着那头鹰舞蹈般从容地扇动了几下翅膀,就笔直插入天空。有一度,它的翅膀完全停止了动作随风而行,像鱼纵身投入大海,云雾从它羽翼下掠过,它一个腾跃飞得更高。

我的脖子几乎仰成了直角,没有温度的阳光笔直插入我的眼帘,鹰在我的视网膜上越来越小,它的翅膀几乎是透明的,像神的羽翎,像阿芯用来梳头的那把弯弯的牛角梳子。

阿芯,那个昨晚刚刚互道过晚安的姑娘,那个才分开半天就让我心心念念的姑娘。她黄昏颜色的肌肤,星辰般的眼睛,树枝般坚硬的小手,藤蔓般凌乱的碎发。她的麻利,她的害羞,她的欢笑和短促的说话,都像清澈静水中飞鸟的影子。我这样一个平庸的城市胖子甘愿流落在这里,住在养鹰人的院子里赖着不走,不就是因为不想面对与她告别的那一天吗?在刚才最绝望的时候，我曾不甘地问自己，我这一生做过真正喜欢的事情吗，追求过自己真正想要的东西吗？答案是可怜的，和绝大多数人一样，我明明知道世界之纵深广阔，却宁愿终身巴在安稳的岩石上，扮演着一个我自己都厌倦的胖子，至死不知飞行的滋味。

经过这大半天的折腾，我骨折过的小腿又开始隐隐作痛了，我没有蹲下来捧住伤腿呻吟不止。我怔忡地想起了那根四个月前从天而降的架鹰杆，我命运中终于到来的重要一击，我似乎顿悟了它的深意，它这是要打断我离不开地面的腿，让我的肩胛上长出翅膀来。我自以为是地这么想。

打猎回来的翌日早上，我就从雄鹰客栈搬了出来。

我没有离开，相反，我就扎营在雄鹰客栈对门的空地上，面对面不出五十米。我打开簇新的帐篷，第一次手忙脚乱地试图把它架起来，这假模假式背了一路的帐篷总算没有浪费，尽管它没有用在我设想中独自穿越丛林或荒漠的时候。我搬出来的姿态就是为了表明，从今天起，我和老爹的对峙开始了，如果他不同意把女儿嫁给我，我就一辈子扎营在他们家门口。

我和阿芯的故事上了网站的首页，有成千上万的人在地球的各个角落敲打着键盘声援我们，当然这些老爹是不会知道的。

来到这个院子的游客也空前地多，就像他们特意远赴这里看赛马节，又去往那里参加鲜花节一样，他们这是来参加雄鹰客栈的求婚大典的，这让我和阿芯的爱情看上去像一场早已排练好的商业路演。好在阿芯并不觉得，自从我像一个赴难的烈士那样收拾好一切行李扛上肩头，当着老爹的面向她大声表白，然后昂然跨出大门，阿芯就一直通红着脸，低着头忙碌。客人太多了，我又没法帮她，她忙得不可开交。

还好人们并没有谁抱怨床单没换，不能准时开饭，或者奢求服务细节什么的。他们的兴趣完全集中在这场似真似假的求婚斗争中了。他们围绕在阿芯身边，试图探听更多的内幕消息，他们喋喋不休，在得不到正面回答的时候就东拉西扯，寻找共同话题，再伺机突破，像一群兴奋而机敏的猎犬。阿芯虽然害怕生人，情绪却没有受到太多惊扰。她通红着脸，也许是忙着往洗衣机里放被单的时候，红云飘起在她黝黑的两颊，有时是在努力学着我用锅炒菜的时候，她想起了什么，就兀自弯起了嘴角，笑得很开心。旁人在她身边只是一些幻影，他们跟她说什么她似乎都没听真切，偶尔应一句，也答非所问。她抱着甩干的被单走去晾，人们簇拥在她身边问，你是什么时候爱上他的？她挥手捋了捋脸颊的乱发，那些人墙的影子就像阳光中的尘土，一瞬间消散不见了。

这些人于是来找我聊天，他们在我的帐篷前喝茶喝酒，给我带来各种食物，就像他们曾经喂那头鹰一样。现在我才是那只具有表演意义的显赫的动物。

我疑惑过这是不是我要的效果，不过这种身为明星般的得意很快醉倒了我，我的一句话、一个举动都能引来连续不断的大规模传播。至于阿芯的感觉怎么样，我却反而失去了感应。对峙的日子在一天天继续，我与阿芯之间只有轰然作响的人群。我过去那边时无法安静与她说话，她也无法时常过来看我，因为每有行动，必然引起所有人狂欢般的躁动。

只有老爹架着鹰若无其事地进出，他比我想象中还要镇定，对这节目般的场面不屑一顾。人们交头接耳地偷偷观察老爹，好似打量一个活生生的反面角色。他们的目光追踪着他的每一次出现，却没有人敢上前问什么。

我想过要弄一些浪漫的求爱仪式。我想过运来成千上万朵玫瑰，把院子和帐篷之间的道路铺满。我特意去到新城，却遍地找不到一朵玫瑰，我忘记了这里没有暖房，元月哪里来的天然的玫瑰呢。我想过点燃上成千上万支蜡烛，我确实已经把它们买回来了，好事的人们甚至还帮我清理出一块平地，满满地插上蜡烛。不过我没法点燃它们，山里的风和城里的不一样，也许吹在身上差别不大，可是想在室外点蜡烛，没门儿。

我时而怀着势在必得的乐观，把这些远道而来寻开心的游客当作我无敌的阵营，时而又陷入冷而黑的绝望。

一般是在人们都尽兴之后，他们回到院子里去睡了，人声的麻醉消失了，我独自蜷缩在帐篷里。山里隆冬的深夜尤其冷，没有烤火，没有敛热的砖墙，睡在这帐篷里就跟睡在露天没什么两样。风推挤着四壁，睡袋也没有一丝温度。总是在我觉得快要冻死的时候，第一缕太阳升起来了。这让我觉得异常恐怖，仿佛只要太阳再晚出来一秒，夜晚的气温再低一度，我就会在这场对峙中只剩下一具冻僵的尸体。

究竟还需要多少天呢？一批批的游客来了又走，现在连网站上最忠实的跟帖者们都失去了热情。我渐渐又能清晰望见那个院子了，因为起哄的人们几乎完全散去，只留下满地的空啤酒罐、果壳和塑料袋，这且得需要些时日才能清理干净。或者它们得过些日子才能清理了，因为下雪了。

当第一片雪花落下来，我只是惊讶地欣赏它飘落的曼妙姿势，还没意识到自己将面临的境地。傍晚时分，我的帐篷上积满了雪。这真是太好了，我想，我终于要冻死在今夜了，像一只过不了冬的虫子。

就是这个夜晚，阿芯抱着被子冲进了我的帐篷，她自己也挤了进来。我愣愣地瞪着她看，雪花轻柔而连绵不断地落到帐篷的顶上。

这不像是一场战役摇旗呐喊的辉煌胜利，超出我的想象，仿佛所有的对峙都是多余而可笑的，仿佛要在生活中追赶上什么是如此艰难，其实又是如此简单，你只需要待在原地，等时间到了，秋实自然落入大地，比我的任何想象都要圆满。一早醒来，我们相拥着跑回院子，远远看见帐篷还在大雪中冒着热气。

***

我们的婚期定下来以后，老爹又带我上了一次山。他在同一个山崖上对我说，你要娶阿芯，你就得当着这座山、鹰和我发誓，这辈子你不许学养鹰！

我心道，这算是什么规定啊？

老爹的表情异常郑重。他的大手指着我，鹰也在他手臂上森然瞪着我，貌似只要我敢违抗，他就一振手臂放鹰出来，把我扇下悬崖。直到看我举起左手恭恭敬敬念完誓言，他才收回手臂舒了一口气，满脸绷紧的皱纹都松开了，好像终于完成了女儿出嫁前最后也是最重要的一件大事。说实话，这时候我已经不怎么怕老爹了，毕竟我是他的准女婿，他才不会把我真的扔下悬崖呢。我这么做只是为了阿芯能够好做一些，让老爹不要再旁生枝节，所以心里对这个誓言是不以为然的。

老爹听我发完誓，心情顿时就愉快了许多。他嘿嘿笑着说，就算你想学养鹰，我也绝对不会教你的。我心道，我还不想学呢。

老爹又说，就算我教你，估计就你的资质，也是不可能学会的。说着，渐渐却变得一脸怅惘的样子。

我想，像老爹这样爱鹰如命、以养鹰为傲的人，怎么会阻止别人学养鹰的，尤其是那个人还是他的准女婿。之前我甚至还担心过，一旦我娶了阿芯，他就会逼着我学养鹰，残酷地训练我这个身体孱弱的人，逼着我把养鹰的本事继承下去。对啊，他一定是想到自他以后，古村再也没有养鹰人了，所以才忽然又伤感起来的吧。那么他为什么又要逼着我发誓呢？

那天鹰与野兔的搏杀很精彩，老爹的猎物袋里装得满满的，我自告奋勇替他背了好一阵。老爹找了个背风的地方生起了火，剥了两只兔子，抹上料，在火上烤得香气四溢。我们拿出随身带的酒壶，边喝酒边大快朵颐。鹰和黄狗也分到了比以往多的肉。

那天老爹跟我讲了他唯一一次失去鹰的经历。

那已经是多年前的一个冬季,不算晴朗的傍晚,云如卷帘,丛林直插云霄。按说这个时候早该下山返程了,可是老爹带着鹰和狗在山里不甘地继续逡巡,他们已经走了整天,竟没有遇见一只猎物,山林静谧到诡异,这是从来没有遇到过的状况。忽然黄狗像是有了发现,它耸动着鼻子,止步,然后飞步向前跑去。前方的天空云正展开,一道阳光斜落在林间反射出炫目的光亮,这反光也许是一汪冰冻的泉水,也许是昨夜下雪经日未化的冰凌挂在树枝上。

有一刻,老爹的眼睛被耀花了,不过他的动作不敢怠慢,他估计着黄狗立刻就能撵出什么猎物来,于是熟练地解开手臂上鹰的鹰绳,只留下鹰足踝上很短的一段皮扣捏在手中,等听到动静稍一松手,鹰就能飞扑出去擒住猎物。

老爹眨了眨眼睛,反光已经敛去了,他忽然看见前方不远处,他的妻子阿兰正在向他招手,阿兰穿着日常的衣裳,背着水桶,似乎正要向他走来。他觉得诧异极了,阿兰怎么会到这里来背水呢,十几里的路她是怎么走过来的?丛林甚至比方才更静了,黄狗不见踪影,老爹急着向阿兰走去,想问个究竟,这时候鹰忽然悲伤地大叫一声腾空而起。老爹手里本来只捏着短短的一段皮扣，鹰一挣就滑出手指去，眼看着这头鹰就离开了他的控制，向反方向飞去。鹰一旦飞远就再也追不回来了，老爹本能地想反身去追鹰，可是他又想到阿兰怎么来到了这里，他该上前去问个清楚。

就是这么一迟疑之间，他看见阿兰也停住脚步，不再向他走来，她像以前很多次那样望着他欲言又止。他想开口喊她，喉咙发不出声音，梦魇一样。阿兰对他微笑了一下，就反身向丛林深处走去，背上的水桶一晃就消失了。等老爹再想去追鹰，那头鹰早已飞得不见影踪，只有飞快幽暗下来的天空和四散的云。

老爹说，那是阿兰特地来向他道别。阿兰就是那个傍晚摔死在背水的路上，离他打猎的地方有十几里地，就是他看见她的那个时刻。

之后，我和阿芯的婚礼就紧锣密鼓地筹办起来了。

我还记得那一年新婚姻法没出台，办结婚证还需要单位证明。我特地写了一封结婚申请给公司人力资源部寄去，等着他们把盖了章的介绍信给我寄来。

需要补充说明的是，当日我骨折初愈能下床的时候，我打开忘怀已久的手机，意识到自己已经超假三周半。面对凯文在这个精确到每分钟的五百强公司中犯下的滔天大罪，我把手机重新扔进了背包里。可是连做了三天生活无着的噩梦之后，凯文又战战兢兢拨通了顶头上司的电话。得益于公司从来没人敢犯下这么大的过失，人力资源部没有处理的先例，加上凯文寄去医院证明，苦苦解释，就干脆当成了意外来处理，他被允许在半年之内留职停薪，在半年的任何时候回去报到，公司将会为他重新安排工作，这就权且算是保住了饭碗。没错，我就是那个巴着山崖不肯松手的胆小鬼，不过总好过那些一辈子猫在平地上从来没有看见过脚下云霞飞舞的家伙。

现在一切都不同了，收到证明之后，我写了一个邮件感谢顶头上司多年的栽培，附件发去了正式的辞职信。从此公司亚太区的第四个凯文，"采购部的凯文"，就不存在于这个世界上了，同时世上多了一个养鹰人的胖女婿"开心"，他打算把他的胖身子惬意地留在云南灿烂的阳光下，与他的阿芯共同经营雄鹰客栈，永不分离。

阿芯开始放下院子里的活计，每天忙着绣花，阿兰没来得及教给她太多，她就一早一晚到村里的妇人那里问与学，好像刺绣对于结婚是多重要的事情。据说她要绣出整套嫁妆，这是古村的习俗，是庇佑日后婚姻幸福的一种仪式。

老爹上山打猎的次数少了，他木刻般的脸上常带着竭力控制的笑意。当他架鹰走在古村里，邻居们都起哄说，老爹，你好福气啊，女儿招赘了女婿进门，你这院子里很快就要人丁兴旺了！

老爹装作若无其事地说，有什么福气，招了一个没身板打猎的女婿。

邻居们又说，这年月不会打猎没关系，你女婿可是一个老板啊！

老爹听着有些不入耳了，于是言不由衷地反驳道，女婿是什么我不在意，我只在意有更好的鹰飞进院子里。

阿芯的阿雄哥似乎就此从院子附近蒸发了，他开始把车停在离院子几十米远的地方，让游客自己走进来。游客的最后一只脚刚刚离开车门，车就匆匆掉头开走，像是要逃开什么似的。

我连续几个晚上俯身在我的电脑上，我做了一个PPT文件，题为"一个昔日外企白领在雪山下的幸福生活"。我讲述了我是怎么在休假中偶尔来到这个古村，这个院子。我是怎样与老爹与鹰不打不相识，又是怎样迷恋上了鹰翅膀上的蓝天，迷上了阳光下的雪山、青瓦和溪水，迷上了院子的女主人。我在每一页都配上了照片和音乐，为了制作这个纪念性的文件，老爹破例让我拍了两张鹰的照片。接下来，我就开始吹嘘雄鹰客栈起步的经历，网络销售、客户拓展、多元化经营、适时地展示核心竞争力，以及成功的事件炒作，这一段简直就像是云南版的经典MBA案例展示，而我俨然就是胖厨师版的比尔·盖茨。冗长的文件结束在童话式的结尾上，王子和公主从此过上了完美的生活，我和阿芯大婚在即，我这个办公室隔断中可怜的爬行动物，终于找到勇气抛开一切，打算在雪山下的小客栈晒着太阳终老。

这个PPT文件，我是打算发给以前所有旧同事的。我们以前的工作都靠邮件往来，为了给枯燥的生活增色，我们也常常转发一些非工作的八卦邮件，我相信这个邮件将是今后几个月内所有非工作邮件中的明星。我熟练地全选了同事名单，鼠标小小点击一下，这个附件就同时发送到了公司亚太区数百个邮箱中。我在文件末尾附上了客栈内外、各类客房和设施的图片，欢迎旧同事们来消费，当然最好是下个月就来参加我们的婚礼。我还加了最后一页，伴着音乐的尾声，我和阿芯在雪山下的甜蜜合影隐去之后，屏幕上出现了这样的字句：嘿，兄弟，你可以日复一日地挤地铁、打卡、蹲在隔断里，也可以不，只要你愿意飞翔，你就可以是一头鹰！后来有好几个旧同事告诉我，这不但是一个锁定目标客户的绝佳的推销邮件，更可以是一份旗舰店邀请连锁店加盟的经典文案。

当时我可没这么缜密的念头，我只是想炫耀一下我的勇敢、浪漫和逍遥，毕竟我放弃了这么优厚的职位和衣食无忧的生活，我得说服自己。况且我觉得，这个故事说出来让别人惊羡，比我自己享用乐趣更大。我想我就是在这个时候背叛了童话的原理，一个故事一旦被转述出来，它在现实中就不复存在了。

婚期定在正月初六，是老爹特意去了大石桥后面，请长老占卜挑选的日子。

婚礼比我想象中还要盛大，长老亲自主持了婚礼，做了全套向神灵祈祷夫妇和谐、多子多孙的法事，古村所有的邻居都换上盛装载歌载舞，我算是第一次见识了这个神山下的古村最瑰丽的一面。

当然我更得意的还是，我的旧同事有三成都赶来道贺，几十个人从阿雄的车上下来，昔日隔断间守望相助的熟悉面孔基本都出现在这里了。反正春节本来就放假，反正他们正愁找不到一个度假的最佳选择，他们总是为了去马尔代夫还是塞班而苦恼，今年可好了，他们把我这场传奇婚礼当成了嘉年华。他们的出现让我欣喜异常，我指给他们看那头高高停在架鹰杆上的鹰，带他们参观客栈，挽起袖子展露我生火和烤土豆的本事。因为是贺喜的客人，老爹难得对他们露出了几分和蔼，也没有阻止我兴奋的表演。我搂着阿芯的腰，跟他们坐在院子里聊天，仿佛我的幸福都要悉数让他们看见，才算是钉子敲进了木板里。

阿芯很是不习惯这样，总是勉强坐一会，就从我怀里挣脱了去忙别的。后来她曾对我说，开心，你晒得再黑，粑粑烤得再好，在这儿住得再久，你也还是他们一起的。我听了很生气，抵死不认，不过阿芯短促的声音总像一个直线箭头，直接地指向答案与本质。

我失踪的前女友居然也来了。

她仔仔细细地把我看了一遍，又仔仔细细将阿芯打量了一番。阿芯好像感觉到了什么，拿出全副热情安排房间，倒茶端酒，我也只能尴尬地埋头大展厨艺，锅铲将锅底敲得咚咚响。前女友凝视着我炒菜半个小时之后，幽幽叹了口气说，你一定是找到真爱了，以前你连叫外卖都懒得动手指按电话键的。她说这话的时候，描得细致的眉梢像被弹落的蝴蝶那样抽搐了几下，然后她很有风度地祝福了我们，就走了。天知道，这不是她的错，我在心里默默低呼，这都是我的问题。

差点忘了，在这个时候，地球上各个角落的网友也在网站上祝福我们，尽管不久之前，由于对峙的时间拉得过长，他们几乎已经忘记了我和阿芯的故事，把兴趣投向别的热点。尽管不久之后，他们也会很快地忘记我们。还有一些时尚报纸和杂志从网站看到消息，特意来古村采访我们做特辑的，化妆、拍照、提问。我觉得我简直成了另一类型的成功人士。

隐隐的，在鹰居高临下的目光中，我的心中也偶尔会闪现出些微凉丝丝的念头，譬如，我现在究竟成了一头鹰，还是更像一尾孔雀？好在熙熙攘攘的婚礼终于顺利闭幕了。

在很长的一段时间里，人们忘记了我们。幸福的人是应该被忘怀的。

在这个地面上印染着白色鹰粪的院子里，老爹依然与他的鹰缱绻相伴。我从网站上接受预订，阿芯接待到来的客人，登记和安排房间，我给他们做一日三餐，阿芯换洗被褥和床单，我们一起打扫房间，一起挂窗帘。所谓男耕女织的日子，莫过于此。唯一遗憾的是，我们一家三口很少能在一起吃饭。老爹怕闹，如果上山打猎，就在山中自己吃了，不去的日子，他躲在屋子里吃。客人们吃饭的时候，我和阿芯又总是都忙着，弄到最后，还是半夜里，我们俩一起吃烤土豆最香最自在。

而这个时候，院子外的古村已经变样了。

＊＊＊

开春后的一天傍晚，我从新城换液化气罐回来。

我正在暗黑的山路上昏昏欲睡，耀眼的光亮忽然从群山中蔓延开来，落定在我眼前。司机说，古村到了。我蓦然一惊，这是从哪天开始的？古村的夜景竟然亮过了夜幕中的星河！

迎面而来就是四个灯管做的红色大字，神山宾馆，端正地站在一间村民的平房屋顶上。依次掠过的还有雪山饭店、古村宾馆、云南人宾馆等等，不一而足，看来我们雄鹰客栈的牌匾已经落后了。车沿着小路逶迤穿过村庄，每家每户灯火通明，青瓦屋檐间，三角梅的花丛中，散落着游客的欢声笑语。

再往前去，古村阡陌交错的小路汇聚到集市，这片古村中心最大的空地上又燃起了篝火，我还清晰地记得，上一次就是在月前，我和阿芯的婚礼之夜，也是我到来几个月里唯一的一次。如今，在我轻易得见的这第二场篝火集会上，十几个村民盛装载歌载舞，正是婚礼的祝福曲调。游客环绕周围，拍照、鼓掌、喝啤酒，酒酣的已跟着参与其中。当然不是另一场婚礼，只是旅游的文化表演嘛，我很理解，可是不知怎的，我的胃里好像刚刚吞进了一块塑料粑粑似的。

好季节催生着庄稼，也催生着游客的数量，只是人们已经无暇关心田地了。他们热衷于听游客们信口开河，争着看照相机和摄像机方框中缩小的高山河流。

他们好奇地窥视着这些城里人对着手里的金属小盒子说话、按键，终日忙碌不停。我眼看着古村最流行的装饰品成了头灯，游客随手的炫耀和馈赠，村民们不分日夜戴在头上，快活地走来走去。我眼看着冲锋衣成了古村最流行的服装，村民在篝火边跳舞时，都会特意换上新买的冲锋衣而不是民族服装。有些村里人也赶潮流买了手机，也成天拿出来看与听，尽管他们的金属小盒子大部分时候是静默的。他们的眼睛整天闪闪发亮的，所有外面世界的新奇事物好像一场骤雨般落到古村里，包括像摘菜般轻易落到指尖的一叠叠纸币。

几乎每家旅馆都在扩建。

我当初给木匠订下的床的尺寸成了一个标准，这不再被认为是待客的羞耻了，这能让同样大小的一间屋子多收两倍的床位费。我率先给雄鹰客栈装上的电热水器，现在成了村里每家旅馆的基本配置，他们也懂得了二十四小时的热水才能赢得客人，正如我的预言。他们也开始供应一日三餐，像模像样地用液化气和铁锅炒菜。他们学得飞快，甚至举一反三，完全超出了我的想象。

古村原本就二十几户人家，我住下后的四五个月里，这几十张面孔我早已熟稔在心。百多年里，也就是这么些面孔生老病死，把差不多的面貌刻在下一代的脸上，这是老爹跟我说的。然而最近除了越来越多的游客之外，很多陌生的面孔忙碌在村头路尾。

听说很多家庭旅馆都雇了人来打杂，做饭洗碗、换床单和打扫之类的，都有工钱低廉的"远房亲戚"来承担了。我记起有一回，我还在村口遇见了一个男孩，穿着宽大的旧衣裳，嘴唇上刚刚长出茸毛。他怯怯地问我，需不需要导游带路，带着进山徒步一天六十元。他说他是村长阿布家从外村雇的杂工，前些天翻修屋子做了几天泥瓦匠，这两天没得多余的活，阿布让他自己出来找游客的生意，带路一天六十，回去上缴三十。

我不得不跟阿芯开始商讨扩建和雇人的问题了。

我打算在当初搭帐篷求婚的位置上再造两间房，顺便将院子的围墙扩大。阿芯说，开心，客人已经够多了，再多招呼不过来，反而开罪人家了。对于雇人，阿芯尤其反对，她说，我不想别人来做我们俩的事情，开心，这是我们俩自己的事情，不是吗？

她说着就将毛茸茸的脑袋靠到了我的肩窝上。她轻声细语，怕惊了黑夜里兀自蓬勃的炭火似的，又像是怕惊了我们难得平静的好日子。烤土豆已经在热灰里熟了，我用木棍扒拉出来，让它慢慢变凉。

我知道阿芯一直在往后退，在认识我以后，明明不喜欢任何变化的她，却为了我接受各种变化。每一次，她都以为是到此为止了，结果永远还有更多的。她迷了路，她盲目跟着我，害怕地拽住我的衣角，好不容易在一个地方站定了，刚开始熟悉了，得回一些女主人的自在，忽然间，我又说要离开这里去赶路。

我只能说，阿芯，你看现在，都大半夜了，我们俩刚能吃上一顿安稳的饭，这样天天从早忙到晚，我们都会累坏的。阿芯把头从我肩上拿开了，她说，我觉得这样很开心，真的很开心，现在这样就很好了！她很认真地直视我的眼睛，我没有给她什么反应，事实上我也觉得这样很好，可是不进则退啊不进则退，上了竞争的跑道就会有淘汰，我不想有一天自己没法养活这个家。阿芯看了我一会，神情开始茫然，她偏着头又问我，你觉得我们现在这样不好吗，开心？

我们先雇了一个邻村的大嫂做客栈的换洗打扫，不久又雇了一个女孩做服务和接待。至于我这个从早到晚不得闲的胖厨师，随着气候渐热，面对烟熏火燎，也生出了想要剥削他人剩余价值的念头。

我在曾经叱咤风云的网站上发布了一则招聘信息。雪山、雄鹰、古村、清泉、日夜歌舞萦绕、传说中神秘美丽的圣地，如果你是一个优秀的厨师，如果你愿意远离城市的金属厨房，到一个养鹰人的院子里追寻你的世外桃源之梦，雄鹰客栈热忱欢迎你的加盟。三周后，我从众多呼应者中挑选出了一名最拉风的家伙，他是个法国人，网名莫奈，现任某上海法式餐厅总厨，我打定主意毁了他目前按部就班的前程。

他兴冲冲地辞了工作，带着一家一当来"加盟"我们的客栈，住进了院子里的一间单人间，我用低廉的固定工资，附带餐饮部分的利润分成，外加客栈所谓的一点点期权就笼络住了他。我知道蒙住他眼睛的不是我的狡诈，而是他自己解释给自己的梦想，这与我无关。

他每天从早到晚围着灶台忙，那么点小钱加上客栈包吃包住，其实他就跟一个农民工进城打工的待遇没什么两样。他还乐呵得不行，天还没亮就赶去左近的各处菜场寻找最新鲜最特别的原料，从早到晚琢磨实验云南食材和法国菜的创意结合，如果说各大城市流行什么"创意菜"是在二十一世纪一十年代中期，他们可比这个莫奈晚多了。莫奈对客人的殷勤程度很快就把我比下去了，他每上一道菜，都会搓着手全神贯注地等待客人吃第一口，然后用他不熟练的中文问，怎么样？他是真的关心自己的新发明能在别人舌头上得到什么回应。

莫奈就这样成了雄鹰客栈一个新的卖点。喜新厌旧的网民早就不再传颂那个养鹰人的院子了。当养鹰的故事被我一次次终于叙说得如此详尽，他们就在养鹰和自己养宠物的经验之间画了一个等号，这是人类自以为获得"知识"的惯例。他们不再为了亲见养鹰人而来，当然也不再为了看我这个富有传奇经历的白领而来。

现在雄鹰客栈的宣传语是：在雪山下品尝正宗法国菜，莫奈总厨加盟雄鹰客栈。

莫奈换上从菜场买回的粗布褂子、系带裤，扎着彩色头巾，他开始留起了法国胡子。难得清闲的时候，就四仰八叉躺在地上晒太阳，把一身白皮肤晒得跟大虾似的红。老爹一开始很喜欢他，因为这个黄头发蓝眼睛的大个子似乎对养鹰很感兴趣，他围着鹰转来转去赞叹不已，像个孩子似的将架鹰杆、栓鹰绳、皮手笼什么的，每件都摸了又摸，一有空就缠着老爹问这问那，而他的中文更像孩子的牙牙学语，让老爹凭空生出几分慈祥来。老爹甚至对我提起过，他不介意将养鹰的手艺传给莫奈，如果他愿意好好学，就算他是一个外国人，也好过从此没有人再养鹰了。

直到有一天，莫奈忽然问了老爹一个惊悚的问题，他磕磕巴巴中文的大意是，你吃过鹰没有，不知道鹰的肉怎样烹饪会比较美味？

老爹当时就震惊了，他惊怒之下，抓过一把莫奈厨台架子上的餐刀，扬手笔直插入木头案板里。他指着莫奈的高鼻子说，你要是敢打这头鹰的主意，我就先把你杀了吃你的肉！莫奈直愣愣地瞪着案板上的刀，刀刃大半没入，只剩刀把在外面了。他到太阳落山都没敢去拔那把刀。

不过到底还是有人来打这头鹰的主意了。

有一天老爹架鹰回来，坐在廊前生闷气。我问岳父大人发生什么了。他告诉我，村长阿布今天在路上拦下他商量，说要发展村里的旅游项目，在村里集市的空地上给游客照相收钱。照相就照相吧，阿布希望请他架着鹰每天站在那里跟游客合影，一天分给他八十元。

老爹愤愤地说，我是养鹰的，又不是耍猴戏的。

老爹又说，就算我可以站在那里给他们拍，鹰也不可以！

老爹一会儿生阿布的气，觉得他也是村里的后辈，怎么就不懂得鹰的尊贵呢，要是鹰也能当猴耍了，这天穹和神山也就不需要仰望了。老爹一会儿又生自己的气，他嘀嘀咕咕地说了些自己不中用了之类的话，我听得出他的言下之意是，他也确实觉得八十元不是个小数目，现在大家都在赚钱，他难得有了这个赚钱的机会，却偏偏放不下心气去做，他想了又想，还是不能。我知道他这不是说给我听的，他由衷地内疚着，内疚而无能为力。

过了些天，阿布又带着县里旅游局的干部上门来找老爹。他们说，老爹是这一带唯一还在养鹰的人家了，养鹰现在算是民族文化遗产，要保护。

老爹说，怎么说是遗产？我还没死哪！

他们说，老爹您别生气，这遗产不是说您死了，是说这项养鹰的本事就要灭绝了。

老爹听着脸色缓和了，问，你们说保护，怎么个保护法呢？

阿布说，请您去跟游客合影啊，参加表演啊，都是和旅游产业相结合的保护。

老爹听了脸又沉下来了，不再搭理阿布，扭头问那个旅游局的干部，你说怎么保护？

干部沉吟着端详了一阵架鹰杆上的鹰，答道，比如说，把这头鹰做成一个标本，再做一个跟您差不多的蜡像，手臂上架着鹰的标本，摆在我们县里的民族文化展示厅里，再把养鹰驯鹰的文字资料整理出来，摆在蜡像边上。

老爹摇头说，这可不就是遗产了吗！

老爹说，你们往后不必再来这里了，鹰的事情我做不了主，它们每年只是途经这里，还是要回去的。它们不属于这里，更不属于我。

四月的古村已然鲜花遍野，阳光温暖，连每家门前小溪的歌声也分外欢快起来。不知不觉中，这一年猎季就这么过去了。葱郁的丛林之上是雪山，雪山之上是云净风阔的蓝天，成群的飞鸟北向而去，它们高高地掠过古村上空，只在人世间的地面上留下一闪而逝的细小黑影。

一个镜子般明朗的早晨，老爹整理鹰具的动作特别迟缓，他穿戴上最齐整的一身衣裳，带着黄狗，架着鹰缓步出门。村里的孩子们看见他这个模样，就知道放鹰回去北方的日子到了，他们吵嚷着跟在他身边走出很远，央求着老爹让他们摸这头鹰一下。每年的这一天，老爹和鹰总是特别温和，带着近乎温顺的惆怅。

老爹从山中回来时，架鹰的手臂上已经空了，这让他的步子轻飘得有些怪异，黄狗悄无声息地垂着头。老爹站定在院子里，扭头望了望身后的天空，我想他一路上已经重复这个动作无数遍了。从空无一物的苍穹挪开眼睛，他忽然叹了口气说，喝酒，喝酒。

＊＊＊

　　院子里没有了鹰，老爹好像一夜之间就老了。他平张的两肩像蚌壳似的合拢起来，架鹰的手臂拿起酒杯时却经常无力地落下。他的脖颈不直了，膝盖弯曲了，脸上的纹路耷拉下来，走路甚至有些摇晃，似乎原本的身高都减少了。

　　最让人担心的是，他完全没有了以往的精气神，成天缩成一团窝在廊前，不言不语，背对院子烤太阳。脚下是永远不断的一壶酒，从早喝到晚，一天没有几个小时清醒。偶尔抬起的眼神都是浑浊的。

　　我问阿芯，岳父大人这个样子是不是病了？阿芯答，每年鹰不在的时候，他都这样，等秋季养了新的鹰，他就又是另一个人了。我问，真的没事？阿芯说，放心吧，这么多年都是这样过来的。阿芯说着就走去老爹身边，抬手把酒壶拿走了，老爹扭过身，眯缝着通红的醉眼，含糊不清地表示抗议。阿芯装作生气地说，老爹，这么喝死了，你就可以不顾我了？她给老爹沏上茶，过一会儿，老爹又不知从哪里把酒偷回来了。

　　太阳很快烤不成了。五六月间是雨季，院子里的灶台挪到了室内，山里的土路泥泞得骡子都要打滑，古村的游客却只多不少。

　　村长阿布又来过院子一回，这次不是找老爹，而是找我。他央求我去帮他谈一桩买卖，说是有个城里人要买下他的一侧房子开酒吧，正在他家堂屋坐着呢。我来到阿布家的堂屋，就看见一个胖子坐在里面，他看见我就迎上来热情地跟我握手，说他认识我。他报出了另一家世界五百强公司的名称，他说他是那家公司上海子公司的市场部主管，也叫凯文。

几个月前，他偶然收到了我们公司某个同事转发给他的PPT文件，就是我制作的关于雄鹰客栈的故事，据说果然在各家外企中成为转发最火的明星邮件了。

这个PPT文件让他意识到，他以前的人生过得就像是一条鼻子贴着地面的狗，于是他决定展翅飞翔，和我一样辞职到这里来寻找自己的新生活。我看着他，半晌不知道说什么。他显得那么冲动，那么可笑，那么不切实际与异想天开。

尤其是买房子开酒吧的计划，古村的游客再多，巴掌大一块地方，充其量只是路过，就算小住几天，顶多也就是个农家乐的性质。只有小资人口聚集的城市里，人们厌倦了日复一日重复的生活，才会夜复一夜去泡吧。在这里，你想让谁来泡吧，途经的旅人还是开旅馆的农民？而且还打算买房子，一旦生意失败，人回去了，房子搁在这儿没人买回去怎么办？我将凯文拉出那间屋子，近乎严肃地跟他谈了我的意见。

没想到凯文从鼻子里笑出声来，他说，我还以为你是多有魄力的人呢，你这个传说中的凯文真是太让我失望了，怎么一脑袋小农经济？

他挥动手臂向我宣布，这里很快就将是一片我们梦想茂盛生长的土壤，我的酒吧会是这里第一家酒吧，在未来古村焕然一新的蓝图中，它也许还会成为比雄鹰客栈更加具有地标意义的所在！

事实证明，是我错了。

其实就在我遇到这另一个凯文之前，已经有络绎不绝的城市人在古村里侦察思索，去而复返。那些厌倦了朝九晚五的白领、看到了商机的生意人、小有积蓄的艺术家等等，他们再次抵达这里时，已经不是作为游客，而是打算来盘下旅馆自己开客栈，或是买下房子经营餐厅、咖啡座和酒吧等等。他们都是来实现所谓的梦想。他们出的价钱对于这里刚刚开始做生意的村民来说，还是相当可观的。就像阿布借我的计算机算了一笔账，如果卖掉房子得的钱，按阿布现在旅馆的收入，二十年都赚不回来，还不如拿了这笔钱搬到新城，买新城的房子住，享一享城里的福。

于是雨季还没有过去，另一个凯文的预言就在逐渐变成现实。有时候我简直错觉，他就是来昭示与惩罚我的另一个自己，惩罚我找到了古村又转身失去了它。

这就像一场诡异的噩梦般，古村原来的居民正在无声无息地减少，也许只是一个懒觉醒来，出门闲走几步，就发现这个院子、那个院子进出的面孔也变了，取而代之的都是些与阳光不符的苍白或苍黄的脸，带着些许还未落尽的焦虑探出来，警惕地看着我。

到处是工人们在敲敲打打。空气里弥漫着甲醛的气味，走到哪里都难免踩到路上的建筑垃圾，小溪里漂浮着塑料袋。

到了盛夏的时候，神山宾馆之类的招牌早已被消灭无痕，古村的每个细节都凸现着小布尔乔亚外加少量波希米亚的"波波族"氛围。如果把脖子放到适当的角度，也就是不要高抬过水平线，不眺望蓝天与远山的角度上，眼前的景象可以是衡山路、新天地、滨江大道，或是三里屯、后海酒吧区，没什么差别。事实上这里的绝大部分人也没有抬头的习惯，他们不需要抬头，地面上有足够眼花缭乱的视野，他们也没空抬头，地面上必须操劳的事情更多。

我就好像已经回到了上海，在白天的餐厅门前，或者夜晚露天的酒吧座附近，我甚至常常能听到有人用上海话闲聊。我觉得更像回到了隔断里，一间间旅馆、餐厅、酒吧仿佛办公大厅里的一个个隔断鸡犬相闻、彼此守望，被安装在同一台巨大的机器上你追我赶地运转不息，定价、促销、菜单、服务、规模，谁也不敢落后。这还是我跋涉万里找到的桃花源吗，这还是住着养鹰人和他美丽女儿的地方吗？

在春去夏老的小半年里，老爹只出门了三次。

第一次从外面回来，老爹气得拿着酒杯的手都在发抖。他说，结婚这样的大事怎么可以用来表演的？要是隔天都有人表演结婚给外人看，那么结婚还作数吗！

我知道老爹一定是也看见了集市空地上的歌舞表演。现在这片空地已经竖起了个路标，叫作广场街，古村的所谓各项文化活动都集中在那里。餐厅和酒吧里到处贴着广场街的节目表，一三五是婚俗演出，歌舞之外，还有演员专门扮演新郎新娘，早上迎亲仪式，中午穿着民族服装的演员和游客合影，晚上是篝火晚会。说实话，这样夜复一夜的篝火晚会已经很难勾起我美好的回忆了，结婚的那夜，我曾觉得它是如此神圣而充满祝福。

第二次从外面返回，老爹一个人发笑。他说，他们就算没见过鹰也好，好过随便拿两只鸟就来冒充鹰，他们这是准备去打猎呢，还是打鱼？

原来他看见广场街上又有了新的旅游项目，叫作"看一看云南古老的养鹰部落"。不知是谁找来了一个老渔民站在广场街上，肩上挑着一根竹竿，竿子上站着两只鱼鹰，也就是鸬鹚。自备相机的，合影一次二十元，拍照冲洗一条龙的就是五十元。老爹说，那两只鸬鹚长得就跟鸭子差不多，虽说俗名里带一个"鹰"字，虽说有个像鹰的弯勾嘴，嘴下面就长着装鱼的袋子，脚掌上还有蹼，在太阳下站得久了沾不到水，蹼都开裂了。老爹笑笑地说，却是苦笑，笑久了还似乎有些哽咽，一口酒呛在喉咙里，咳了半天。

第三次，还是我和阿芯极力撺掇老爹出门的，我们都觉得，他总是闷坐着，太多日子，对身体和情绪都不好。老爹不肯出去，说是村里的邻居都走尽了，走在路上也没人可搭话，还不如留在院子里喝酒。结果在我们的轮番劝说下，他还是出去散步了。几个时辰后他踱回来，进门，一脸一身的恍惚。

这一回，他还没走到广场街，就远远听见大鼓悠远的振动、锣号与唱。这声音有些陌生，因为只有古村遭逢大灾，长老亲自驱鬼祭神，祈求上天的垂怜护佑，才能听见这样的鼓乐。这声音又出奇地熟悉，这样的大日子在老爹的生命中屈指可数，印象深刻。老爹第一反应是忐忑而虔敬地想要俯身下来，随后是深深的不安，古村究竟出了怎样的大事，怎的自己一点都不知情呢？他循着声音就来到了广场街，眼前头戴高冠身着法衣的长老正手舞足蹈，穿梭不停，像是当年他见过的祭祀之舞，又似是而非。周围簇拥着游客，他们都没有跪着，而是有坐有靠，有的还吃着零食，把果壳扔了满地。他再仔细看去，长老也不是他们的长老，跳得汗流满面的，分明是个外乡人。老爹长叹一身，拖着脚步就回了家。他对我说，古村怎么不是有大灾了呢，这灾祸已经到了眼前！

***

  有时候我想，如果不是我最先到来这里，如果不是雄鹰客栈早就有我这个城里人在经营着，也许阿芯和老爹也已经和其他村民一样卖掉院子，搬去了新城，老爹也不用面对这些残忍的变化。

  可是我转念又想，如果不是我最先到来这里，如果不是我以城里人的狡黠搞起什么雄鹰客栈，让古村的游客生意跟着风生水起，也许这一切可怕的变化都不会发生。就是我一不小心推了那么一下，然后古村就像山坡上的铁皮车厢似的，忽然轰隆隆地向深黑的山谷下滑去，速度越来越快，任谁也再拦不住。想到这里，我就像一个闯下大祸的孩子，捂着嘴，捂住满心的恐惧，不敢出声。

***

前女友对我说，这不是我的错。古村就算没有我，没有雄鹰客栈，也还会有别的什么凯文啊大卫啊到来这里，古村早晚都会变成这样。况且，就经济学的评价标准，这样对当地来说是发展和进步。

从她那里，我零零星星地知道，自从我的辞职新闻和PPT文件在邮件中广为转发，公司另外三名凯文中，又有两个辞职去了云南，同时辞职的还有一名凯瑟琳、两名丽莎和两名威尔逊。至于兄弟公司的人事冲击也不小，具体人数无法统计。这些厌倦了隔断生活的白领立志离开写字楼，他们有的在山清水秀的地方建起了客栈，有的在城里盘下了咖啡馆，有的开了书店，有的至今还流浪在边疆或异国，没有找到自己的桃花源。

隔了一段时间，她又告诉我，那些自以为找到梦想的人，他们现在依然很焦虑，甚至比以前更焦虑。他们的客栈或小店不是梦想的翅膀，反而让他们不得安宁，他们操心着数不胜数的问题，诸如用人、采购、盈利、竞争、脱颖而出。虽然选择经营这份小生意的初衷，是为了小国寡民，恬淡度日。很可惜，他们习惯了低着头与俗世的瓦砾较劲。他们整天抱怨个没完，他们懊悔地说，眼下操心的事情里里外外、大小不论，比原来打工还辛苦，早知道还不如留在隔断里，每月只管伸手领薪水。

前女友是在 MSN 上跟我说起这些的。

自从她再次出现，春节时远赴云南出席了我的婚礼后，她大方地给了我新的电话号码，包括这个 MSN 的地址。我们倒是不常打电话，只隔三岔五地在网上聊天。自从雄鹰客栈有了专职的厨师以后，我常常整个下午坐在院子里，打开着手提电脑漫无目的地上网，顺便也挂上 MSN，跟过去的老朋友闲聊打发时间。我必须声明，我和前女友并没有旧情复燃的意思，只不过，以前我怎么从来没有发现，原来我和她之间还有这么多话可说，甚至远远超过了我跟阿芯现在可说的话。

前女友偶尔也有意无意地问我，"她"最近怎样？我和"她"还好吗？

我该怎么回答呢。

阿芯的脾气变得有点坏，当然她原来的脾气也不是温柔那一型的，她直率，不矫饰，她短促沙哑的声音曾经听来如此可爱，现在每每响起，却让我心烦意乱。

问题主要是出在客栈雇的人身上，他们总是没法像阿芯亲自动手那样，把一切弄得稳妥合意。房间的地擦完之后脏水淋漓。被单从洗衣机里拿出来也不抻平就晾起。干净的窗帘抱上楼去换，就这么一路拖在地上一路走。碗碟洗完之后，居然还有菜叶子粘在上面。他们还虚报买各种杂物的钱，趁厨师不注意，偷喝他给客人炖的汤，再兑上水。我和阿芯的目光稍稍挪开一会儿，他们就四仰八叉躺下休息，他们时常窝在客房里一睡就是大半天，任客人再怎么叫服务员也不出声回应。

阿芯起初并不好意思指出那些问题，她默默弥补，可是完全忙不过来。她终于没法忍受自己的家变成这样，于是她的声音开始像子弹一样穿梭在客栈里，小花，二楼最后一间的被套怎么没换？阿青婶，客人问你，她房间的拖鞋去了哪里？我承认，阿芯的眼睛放大了某些问题，我也承认，这些问题是确实存在的。他们只是拿薪水的雇工，谁也不会把这里当自己的家那样尽心。

客栈的服务员换了一茬又一茬，阿芯的苦恼仍在继续。

我哄阿芯说，谁让你这么能干呢，你当初一个人就能打理好这么多事情，要知道不是每个人都能比得上你的。我分析给阿芯听,偷奸耍滑是雇工的本性,水至清则无鱼,你睁一只眼闭一只眼,就让他们做一半歇一半,差不多能招呼到这些客人就行了。

可是阿芯做不到,不但做不到,她根本就想不通。她做事待人都是十分之十,她看不得别人不把事情当事情做,对她则面上殷勤背后是另一套,她更容不得自己把这一切当正常现象来看。

她央求说,开心,我们回到原来好不好?我们不要别人帮手了,我自己做。

这当然已经不可能了,客栈的规模扩大了好几倍,现在雇的人都不够用。其实我也想回到以前,我总是回想当初的阿芯,在贫寒的院子里,我热爱窥看她舞蹈般的身影,她高高挽起的袖子,被水打湿的前襟和被汗沁湿的后背,她忙前忙后终日不停,黝黑的胳膊闪闪发亮,清丽的面貌安详从容,她忙得如此悠闲自在,让我的目光竟日都离不开她一刻。我想是我破坏了这一切。我一意孤行,她是意识到前路的差错,可是她错过了喊"停"的机会。

现在站在院子里的她,一个眉目间丢失了安宁的妇人,面对她不再能照看周全的家园,她无所适从、焦躁不安、委屈莫名。她悄悄在我面前哭了几次,这又有什么用呢?这只能增加我的烦躁。我可以为她建起游客如云的雄鹰客栈，却无法将一切再变回原来的模样。我能给她的，是她不想要的；她想要的，也许我从来就不懂。

我呢，我的颈椎病又犯了。

如果心里没有天空，一片最高最蓝的天空在头顶挂久了，也成了一方图案陈旧的天花板，而四周的群山就是不再新鲜的壁纸。法国总厨莫奈已经打包回上海去了。在终于将一身皮肤晒成漂亮的褐色以后，他也渐渐丧失了对云南的新奇，怀念起上海的弄堂与梅雨风情。现在忙碌在厨房里的是一名意大利厨师莫兰迪，酷爱各类杯盘坛罐，擅长烹饪南瓜浓汤和意大利面。

他们来来去去并不影响我的清闲，我压低帽子，背对天空与阳光，坐在院子里上网。我以接受网上预订为名，得以整天保持这个姿势，不言不语，不动弹，网聊解乏。

我不想挪动我肥胖的臀部，不想抬起我的胖胳膊，甚至不想抬起眼睛，以免目光与谁相遇，我又难免要敷衍几句对话。一日三餐，游客有的入住有的退房，换洗打扫，日出日落就又是一天，今天和昨天唯一的差别就是又多活了二十四个小时。游客们都是一个模样，神情和装束，他们一动嘴唇，我就知道他们要说什么。

我同样懒得跟阿芯说话，事实上我们已经无话可说。以前一起种菜、生火、烤粑粑的时候，我们有数不清的话，可是现在能聊些什么呢？共同的事情，无非客栈还要不要继续扩建，雇工要不要再次更换，一些意外发生的错误怎么解决。聊之前也许只是想两个人说说话，聊了没多久不是争吵起来，就是烦恼收场。不说了，不说了！她总是这么一甩手就跑开了。于是我把脑袋重新钻回电脑屏幕里，继续跟以前的旧同事、老朋友们网聊，至少我们还有三十几年类似的经历，聊童年、聊念书、聊白领生活，什么都行。

阿芯不快乐，我知道。她如今唯一的爱好是绣花，这还是她在筹备婚礼时临时学会的，这也恐怕是我们的婚礼带给她仅剩的一点趣味了。只有在绣花时，她是平静的，眉目是我曾熟悉的专注，外面的世界暂时不再能干扰她。我不明白，她这是在祈祷婚姻的幸福，还是仅仅为了找些事做。我越来越不懂她了。

我只是沮丧，在她的生活中，即便这么一点微小的平静，也不是我给予她的。

我觉得，我和阿芯的事情，老爹必定是看在眼里的，尽管他看起来每天酒醉，浑浑噩噩。老爹没有说过什么，这个巨人悲哀于自己日渐模糊的视线和从来笨拙的手指，对于这样微妙的儿女之事，他只能看着。

晚夏的阵雨一次次冲刷院子的地面，然后换作初秋的朗晴。

地面上鹰粪的痕迹依然，这是我让装修工用白漆特地做上去的。架鹰杆还挂在屋檐下，空荡荡的位置后面是墙上的白底黑字：猛禽危险，非观赏驯化动物等等。这是雄鹰客栈与昔日最相像的两处地方。

除此之外，青年公寓式的房间、门廊上不锈钢的落地窗、院子里的玻璃顶棚、小野丽莎的背景音乐，还剩下一堵墙有些许自由，就是我先前作画的墙。我觉得那幅画实在幼稚，早就用涂料刷了，现在上面贴满了游客留下的照片，概括地说，就是那些白领站在各处风景前的留影，边上还有他们的书写体签名，丽莎、威尔逊、凯文及其他。

有一夜我做了一个噩梦，我梦见我想要扇动翅膀飞起来。那是一左一右三米多长的巨大翅膀，长满了森然的羽翎，我用尽全力，只觉得脖子僵硬，肩膀酸痛不已。折腾了好一阵，我终于腾空而起，脚掌缓缓离开了地面，我兴奋地看着脚下的村庄田园、山川河流，它们正在变得渺小，我仰头与云朵亲吻，陶醉在天空酒液般的蓝色中。就在这个时候，我失去了平衡，沉重的翅膀像水中的岩石一样，坠着我飞快地跌落下来。我一头栽进了这个不伦不类的院子里，击碎了顶棚的玻璃，落到了漆着鹰粪图案雪白斑驳的地上。我无助地仰面朝天，翕动着翅膀，却无法爬起来。玻璃顶棚的玻璃扎着我的背，墙上游客们的照片散落了我一身，照片上无数面孔猎奇而讪笑地看着我，看啊看啊，这个可怜的怪物，他甚至不能像一条狗那样自如地走来走去。

我们究竟是否来自鹰的国度，为何梦见它。

还有一件可怕的秘密。我发现老爹是真的老了。不论阿芯是多么肯定地告诉过我，到了每年秋天过鹰的时候，老爹都必定会重新变得精神奕奕，我还是将信将疑。

***

仲秋的下午，我坐在院子里上网，一阵凌厉的冷风从我脖颈后面掠过，拔起我的帽子抛向堆满垃圾的角落。我立刻仓皇地跳起来左右顾盼，却不敢抬头。我意识到，那个人世间之外的庞然大物，它又来了。

老爹停止了喝酒，就像听到什么召唤，他的眼睛突然间变得明亮而锐利了。他直起身子，我很久没有感觉到他有这么高了。他整修好捕鹰网，整理好一干用具，背起口袋出门去。

阿芯叫住了他，老爹，你这回带上开心一起去。

老爹说，我说过不会教开心养鹰的，你的男人就一心一意待你！

我点头附和道，我发过誓不学的。阿芯瞪了我一眼，向我们宣布，开心是学不会养鹰的，我就是让你们俩一起出去，我好清静些。老爹竟然没有再反对。我忽然明白，原来我们三个人都知道了一个事实，那就是，老爹老了。

我这次没有埋怨辛苦，真的，我很高兴有这样的机会出去散散心。我也并不明确地期盼着什么，也许是，能从养鹰中得到什么新的振奋人心的东西。

秋天的风从鹰的国度吹来，狼毒花遍野盛放，在衰老的季节里，大地显出了从未有过的期待。这一回，运气落到了老爹的身上，才伏击了三天，我们就俘获了一头好鹰。老爹说，养鹰是有讲究和挑选的，眼神畏缩的不好，性子胆怯不配鹰的名字，姿态萎靡的不好，没准受过内伤，羽毛枯槁的不好，不够年轻，或者得了什么病。而且撞到网上的有限，由不得人多挑，大部分是靠天意。那天回到院子，老爹将这头鹰取出口袋时就眼前一亮，他的神情有如见到了阔别多年的情人。老爹一一指认给我看，这是当年出生的年轻苍鹰，眼神惊恐但不乏锐利，羽毛虽然有些凌乱，但是已有尚未长成的威仪。它不但是一头值得驯养的鹰，而且是一头几年里都遇不到的好鹰啊!

接下来照旧是熬鹰。到了不眠不休的第三天,老爹的脸色透出青紫,架鹰的手臂也在不停地颤抖。他不得不答应阿芯,让我和他轮流值日夜班。这头鹰足足熬了七天才投降,鹰熬成了,老爹也是终于累极了,躺倒,高烧了整整一个星期,自己烧得水米不进,却每天絮絮地关照着我和阿芯喂鹰,喂得不许多也不能少,早晚唠叨好几回。

老爹能够下床之后,就天天坐在院子里守着这头鹰,就像守着他的宝藏,一步也不舍得离开。熬鹰的阶段虽然过去了,他还是每天抚摸着鹰的羽翼对它说话,这已经不是熬鹰的手段,我想他是真的有很多话想跟这头鹰说。老爹跟鹰这般亲热,连黄狗也有些嫉妒了,在他们脚下不住地转来转去,时不时轻吠一声引起老爹的注意。

鹰熬成了以后不但收敛了野性,而且这些天的磨砺让它更显出了矫捷善猎的体型,英武得让老爹欢喜。正是幼鹰换毛的时候,老爹忍着对山里新鲜空气的向往,忍着不让自己的大脚板往外走一步,它们期待山路上的跋涉已经整整七个月了。当幼鹰一身新的羽翼终于日渐丰盈,就像一个最骄傲的梦境竟然被逐渐填满,连我都禁不住叹服,这真正禽中之王的光彩是地面和天空中任何活物都及不上的。它现在已经是一头让人不敢正视的雄鹰了。

老爹和我架着鹰上山去，老爹的嘴角带着对一个美梦难以置信的微笑。这样的一头鹰，他说，他毕生都在等待这样的一头好鹰。

老爹系起它的尾巴，呼唤它一次次从皮手笼上飞起，教它飞扑掠食，用上好的瘦牛肉喂它。十几天之后，老爹解开它的尾巴，只见它腾越而起，有力的翅膀带起扑面而来的灰沙，尾巴像巨大的排笔，喙如匕首，爪如钩，有着美丽花纹的羽翼闪闪发亮。它飞翔在天鹅绒般的蓝天之中，威严凌厉，仿佛能分云破霾。我仰头望它的时候，它周身散发的锐气竟然让我感到耀眼。当听见老爹"咋咋"的熟悉呼唤，它划了一个优美的弧度又轻轻落回他的手臂上。我的孩子，老爹这么叫它，又喂它吃了一条肉。

在云南最好的猎季，天空清冷地呈现出冬季的颜色，寂静，云缕轻盈，阳光充盈在广阔的山林。老爹和我终日游猎在山林中，一狗一鹰，就像陷入了一个不会醒的美梦中。这年冬天，我们捕获了数不清的野味，我们时常当风饮酒小憩，谈论昨天。

每天在山路上颠仆奔走，我并不觉得太累。一方面是走出了雄鹰客栈这个院子，我忽然觉得如释重负，当然这种情绪是很不应该的。另一方面，老爹走得远远没有以前快了，有时候我甚至能轻松追到他的前面，我与他擦身而过时，时常听见他沉重急促的喘气声，他的脚步有些飘浮不稳，他已经竭尽全力往前赶，却时常赶不上放鹰扑食的那个点。他吆喝起来也比以前气力虚乏了，我听得出来，声音被掏空了一般。

当鹰在空中盘旋，撩起的风声像天籁般掠过，老爹抬头仰望它，像老迈的父亲仰望着自己活力充沛的儿子，他的神情快乐而胆怯。我记得有一天，他貌似不经意地对我说，他想他也许再也没精力驯成下一头鹰了。

我们在春天结束了游猎的日子，猎季过去了，也到了该放鹰飞回北方的时候。老爹照例穿得一身齐整，很慢地收拾好鹰具。架着鹰走到院子门口，他站住了，折了回来，把鹰放回架鹰杆上，自己重新在门廊前坐下来。他闷坐了三天，到了第四天早上，他忽然向我和阿芯宣布，这一回，他打算将这头鹰留下来。

老爹说，这头鹰，他不想放它走，它陪着他，他这辈子就足够了。

留，老爹以前从没有试过，可是不就是度过一个夏天吗。我对阿芯说，这应该是可行的，现在反季节的大棚蔬菜满地都是，鹰虽说是候鸟，只要条件模拟得差不多，留在南方也一样。鹰的食物我们一样喂。顶多是这里夏天的气温高一点，到时候把鹰放到房间里，开足空调就行，好在我们现在有这个条件了。我和老爹从新城搬回了一台立式空调，摆在堂屋里，那里的空间足够大，想来鹰待在里面不会觉得逼仄。

阳光一天比一天温暖，风吹在脸上的感觉正在变得柔软，一批又一批鹰经过天空，远去。我们喂食和照料的程序没有什么错漏，然而不知什么原因，老爹总是说，这头鹰看起来有点不对劲了。

是它的羽毛很缓慢地变得枯槁，像一棵秋天的树。

等我们都看出了这个变化时，它已经失去了往日的泰然，成天在架鹰杆上焦躁不安地眺望远方，胃口也大不如前。老爹嘀咕着，这天气也不算热啊。他这么说着，还是将鹰转移到了堂屋，把空调打开。屋里的温度甚至比初春还低些，可是为什么鹰还是在一天天衰弱下去？老爹已经不再节制它的食物了，尽管那是保持一头鹰不变得肥胖慵懒的要点。他把肉都摆在鹰的眼前，一大堆生牛肉条，新鲜，带着血丝，鹰只是恹恹地啄两三下，它日渐黯淡的眼睛始终朝向窗户的方向。早上面前有多少肉，晚上还是这些。老爹叹着气，每天给它换上更新鲜的。

到底是什么地方出了问题呢？老爹、我、阿芯，我们每天围着鹰打转，想过了所有可能忽略的细节，查过了所有的相关资料和知识，依然毫无头绪。这头有如从梦境中飞出来的雄鹰，老爹毕生等待的一头好鹰，如今它正变得枯瘦、羽毛凋零，好像这个梦正在散去，梦的华服上所有炫目的光点正一星星熄灭，一寸寸变成灰烬。

我们开始劝老爹，快放它走吧，再不放就晚了，它没法赶在气候尚好前飞往北方。老爹犹犹豫豫，还是不舍得。

终于，最后一批鹰也飞走了。雨季到了。

鹰片肉不进，老爹去菜场买来了鹌鹑，煮熟了剔下肉来，自己在嘴里嚼碎了喂到它的嘴里，它不咽。屋里的空调已经开到最低，鹰用它失神的眼睛恒久地眺望窗外，它的羽毛秋叶般纷落。

老爹坚持要日夜守着这头鹰，他说，也许它会需要什么呢？鹰会需要什么呢。阿芯劝不动老爹，只能让我替老爹值几个夜班。

堂屋里，阿芯昔日和我一起烤粑粑和土豆的大灶早已拆了，炭火的香气无迹可寻，熏黑的屋顶和四壁如今装修得洁白簇新，闻起来跟青钢龙骨的隔断一个气味，空调静静运转。早上，微明的晨光一两缕沁入窗户，雨声不断地响，湮没了天空，让我想要更深地睡下去。我似乎听见黄狗在门外大声吠叫。我在睡梦中挣扎了一下又睡去了，这一年零七个月，我实在太累了。

　　吠叫声还在继续，一声高过一声，出了什么大事吗。我终于从梦中挣醒了，撑起胖身子，迷迷糊糊摸索着下床。忽然间，什么毛茸茸的东西碰到了我的脸，让我几乎惊叫起来，睁眼一看，原来是那头鹰。它正倒挂在我的眼前荡来荡去，僵硬、冰凉，像一个钟摆，脚上还拴着绳子，从架鹰杆上笔直垂下来的绳子。

小　刀

＊＊＊

　　我养过一条狼,十六岁那年。

　　当我四十岁坐在生意的酒桌前没话找话的时候,我常这么说。这样的措辞自然是有吹嘘不实的成分。事实是,李九州养过一条狼。在他十六岁那年。

　　我和李九州是从小一起长大的弟兄,北京叫作"发小",上海称作"穿开裆裤的朋友"。我觉得我们上海的说法更形象。我和九州是从穿着开裆裤一起趴在地上打弹子开始的。他比我小两个月,人说看起来就像双胞胎。我们的家在上海同一条梧桐茂盛的小路上,我在东头他在西端。

　　唯一不同的是,他的家是整栋的老洋房还带着一个树高草深的院子,落实政策后发还他们家的。我一介平民，住在七十二家房客般转身维艰的弄堂房子里。

九州的父亲是一度很著名的电影导演。他只导演了两部。两部都在当时家喻户晓，放到今天看也依然才情横溢，之后他就不再有电影拍了。据说电影厂领导的意思是，每年电影就这么几部，这么多导演闲着，为什么闲着的不该是你呢？

就在李导拍摄他的第二也是最后一部电影期间，九州跟着父亲去内蒙古草原的外景地玩。记得是暑假，九州在我无比艳羡的目光下坐着电影厂的吉普车走了。回来的时候，他的脑门和胳膊黑得发亮，怀里还抱着一条小灰狗，他挥手叫我，那只小狗看见我吓得使劲往他怀里钻，我去拉它的尾巴，它骤然扭头露出尖利的牙齿。

它是狼，不知哪次围猎中幸存的小东西，剧组在草原捡到的。九州生平第一次央求人，才被允许带了回来。

九州有太多稀罕的玩意儿。比如九州家的唱机和那些胶木唱片，白天晚上地响着没有歌词的音乐，以至于现在每次听到古典音乐，我都会想起他们家宽敞阴暗的客厅里地板的木香。比如九州书房里的宣纸和笔墨。他的山水国画被摆在小学走廊的橱窗里。到了初中他自作主张改拜名师学书法。当他的字被装裱挂在初中老师的办公室里,他对书法的兴趣又穷尽了,就像烈日飞快吸干大小湖泊。他把文房四宝统统扔进垃圾桶,开始像木匠一样绷画框,松节油和装在铝管里的颜料让我更加眼痒。

这些是我无法分享的。但是小狼可以。

九州说,这条狼就算我们俩一起养的,刘开,你来给它起名字!

因为九州的慷慨,我十六岁那年有了一条狼做宠物。我给它起名叫"小刀",因为它虽然像一捧灰毛团般还站立不稳,两只倒挂的窄眼睛却锐利得像刀子一样。

小刀刚住在院子里的时候,睡觉只需要一个鞋盒,三餐喝奶。

九州家订了当时每天一送的瓶装奶,我掀开纸盖,舔掉上面积存的奶油,奶腥味立刻让小刀躁动不安起来。九州找来一只搪瓷大碗倒了半瓶牛奶进去,小刀的咽喉里发出了饥渴的喘息声,它的前爪急切地攀上碗沿,嘴却够不着里面。九州抱起它的后半身,让它的后腿站在他的手掌上,他就这样托着它,让它把嘴伸进牛奶里,顷刻间,我们都被小刀喝奶的速度惊呆了,水面飞快下降,它一开始还是前爪扒着碗壁,防止自己头朝下栽进去,很快它浑然忘我地径直滑了下去,当它的鼻尖碰到碗底的时候,它正用舌头舔干净碗底最后一滴奶。

九州把它抱下来。我们又把剩下的半瓶奶倒进碗里。几乎还是眨眼间的事情,它踏着九州的手掌,再次把奶喝得一点不剩。

我和九州对望了一眼,九州二话不说进屋找出一罐奶粉,舀出半杯用开水冲化,勺子拌匀了。太烫,在杯子和搪瓷碗之间倒了好多回,最后他自己用嘴唇试了试,然后把搪瓷碗搁在地上。小刀急不可耐地凑上来。

当它喝到一半的时候,我吃惊地拽住了九州托着它的胳膊。小刀的肚子已经鼓得像一个气球,被抻拉的皮肤透明得血管都清晰可见,它依然不管不顾地喝着,并不因为肚子的不堪重负而速度稍减。我和九州立刻七手八脚把小刀拉下来,它还在挣扎着扑向搪瓷碗。

过了半晌,等我们俩从外面疯玩回来,就看见搪瓷碗里有一团灰毛球在打着呼噜,小刀不知怎么成功爬进了碗里,喝光了剩下的半碗奶,然后心满意足地盘身在碗里睡着了。

很快牛奶就不再够喂饱小刀,它成天饿得惶惶乱转。九州从冰箱里找出大排,在嘴里嚼碎再吐出来放在手心里喂它。它像个婴儿一样学着咬与吞咽。

在养育小刀这件事情上,九州表现出了反常的细心与温存。

他从来不是这样的人。他总是一副皱眉深思的模样,对任何人都爱理不理,包括他的父亲和母亲。他有着上海人少见的国字脸和粗大骨骼,这使我很小就理解了"南人北相"的说法,意思大概就是杨柳岸上忽然生出了一棵北方的胡杨树。由于青春期飞快的拔节,他一度瘦长得像一座失去比例的铁塔。

他沉默寡言却看上去让人心生畏惧,事实上他只有我一个朋友。在学校里,他从来都是以一种跟世界过不去的态度独来独往。当时还因为这副模样吸引了不少女生。

他很少上课,老师拿他也无奈,因为他门门成绩都能过关。那些年书店里刚有了尼采和叔本华,他近乎贪婪地阅读这类书。我无聊时拿来翻翻,不知所谓的字句很快让我觉得更加无趣。他跟我聊起叔本华的日神与尼采的酒神,我只能含糊地表示同感。记得他还看过一本弗洛伊德的书,书上满是外文名词直译过来的注解。他跟我说,他的身体里有个不认识的自己在暗处撕咬号叫,他对此感到深深的恐惧。

显然我与九州沟通更顺利的话题是小刀。

它开始能够用牙和爪飞快地干掉两三块红烧大排，他对于食物的欲望无穷无尽，但是这都比不上他对生肉的迷恋。这是我们一段日子以后发现的。

有一个星期天的早上，九州家的保姆买菜回来，休息天买鱼也买了肉，水产袋子里的水化开了生肉的凝血，一路走一路滴流下来。打盹的小刀醒了，它的鼻子皱了皱，异常敏捷而无声无息地站起来，一步一步尾随着保姆而来，脚步轻而警觉，背拱起着，尖耳朵和周身的灰毛一起迸张竖起，尾巴笔直横在身后，像一捺尽头隐而不露的力度。

它变得和平时不同。我已熟悉了它婴孩般跌跌撞撞的鲁莽，不管不顾的贪心和偶尔的娇憨与笨拙。然而这一刻它显得陌生，它镇静、专注、危险，看上去一触即发。

保姆的脚步因为即将到达而缓慢下来。它忽然伏低，前腿弯起，身体几乎贴到了地面，喉咙里发出了我们熟识的掠食前的喘息，一股飓风穿过峡谷的声音。随即我还来不及喝止，它已经一跃而起，保姆在尖叫中跌倒在地，篮子被扑翻一片狼藉，小刀近乎疯狂地叼住了有它身体一半大的猪腿，连拖带曳飞跑进草丛里去。中年保姆吓得坐在地上大哭起来。九州的父母都从屋里出来了,正撞上进门来的我和九州。我和九州一边一个向小刀围近前去,对着它吆喝,小刀,把肉放下!

这一刻我打了一个冷战。我看见了小刀的眼睛。仿佛那个早晨某个灵魂因为生肉和血来到了它的身体,它的眼睛冷峻、尖厉,毫不畏惧地对视我,前爪死死按着它的战利品,看上去像个骄傲的国王,随时准备为了捍卫自己的猎物和尊严而战。

那个早上我之所以出现在九州的院子里,是因为我和九州又是通宵喝酒归来,我打算拿了留在他家的书包,然后再溜回家去。

九州喜欢拉着我陪他喝酒。我们总是去外滩,爬上外白渡桥,坐在铁栏杆上晃着两条腿,眼前是奔腾不息的黄浦江,空气里弥漫着无边无际的水腥味。一箱上海啤酒,总是他用牙齿咬开酒瓶的盖子递给我,我们一瓶接一瓶,他喝得比我快很多,每喝完一瓶就笔直地伸出胳膊,把空酒瓶举到空荡荡的夜色中,然后松手,酒瓶笔直地落下到奔腾的水流中,发出沉闷的一声响。江水泛着汹涌而幽暗的浪花,头顶是广袤的夜空,浩大的云久久不动,而世界像一艘船载着我们随波逐流。

后来有一阵,我们喝酒常常会带上小刀,这基于九州强烈抗议了父亲的命令。小刀袭击保姆抢肉吃的事件发生以后，原先的保姆吓得辞职不干了，不久换了新人来上班。九州的父亲提出，不把小刀送走，就得把他拴起来，这毕竟是一条狼而不是一只狗。九州满不在乎地用鼻子哼着说，它才多小就给我们抱来了，它能知道它自己是一条狼吗，没准它还以为自己是一个人呢。

小刀因此没有被拴起来，非但如此，它渐渐长大，竟然能够跟着我们出门，就像我们的第三个成员不离左右。白天我们不敢带它去学校，于是晚上带上它去喝酒。

月光下的它显得特别兴奋，在我们身边欢快地蹿来蹿去，好奇地嗅着江风的气息。九州买来路边的羊肉串，从铁钎上咬下来，习惯地嚼碎了给它吃。这个动作已经不是喂食的必要，而成了九州对它宠爱的表示。小刀跳跃着原地转起圈来，头追着尾巴像个陀螺一样，我们在黑暗中大笑。它疯疯癫癫的快乐模样我至今还清晰地记得。

当时如果仔细观察小刀，从它绒毛玩具般的可爱姿态中，已经能明显看出一条狼的雄壮。

它胸阔臀窄，体格已经比同龄的狗大很多，有比狗更矫捷的肌肉和偏瘦的体态，尾巴粗而硬地下垂着，显示出与狗迥然不同的不合作姿态。它的耳朵竖直，长脸，两颊各有一撮白毛，显得分外精神，窄长的眼睛总像在蹙眉深思的模样。这让我每每联想起九州的眉眼。

一个总是皱着眉的高瘦少年，脚边围绕着一条与他面貌相似的小狼，这幅场景至今还是让我暗暗嫉妒。他们看上去显得如此默契，好像我完全是个多余的人。而且因为九州嚼碎食物喂饲小刀的习惯，小刀对九州的气味特别亲近，它总是跟在九州的脚边而不是我的。这让我怀疑，如果我不是和九州在一起，它还会不会跟随我？

也许拨开时间的矫饰，当时的事实不是我们俩养过一条狼，而只是九州在十六岁养过一条狼，我常这样想。就像我时常怀疑九州对我的友谊究竟是否一种幻觉。

我自小耳边终日响着的不是唱机里的德彪西与勃拉姆斯，而是左邻右舍的锅碗碰撞和咿呀的吵骂声。我的眼前不是宣纸上的墨迹和画板上的油彩，而是旧粉墙上的水渍和斑点。九州在日后能随心所欲地写诗、作曲、写电影剧本，并且都能名噪一时，他的审美永远站在我和众人所不理解的前沿，当时整条弄堂的孩子中，他为什么选我做朋友？

记得我曾在他的书房看见他临摹的戈雅的《农神噬子》，心里不舒服了好一阵。他不会喜欢临摹《阳伞》之类的作品，明媚的春光、华丽的服装、殷勤的打伞男孩与女人端然的笑颜、恰到好处的影子、完美无瑕的世界，这正如我不会喜欢他笔下噩梦般的画面。即便在我事业有成的四十岁，我依然会选择收藏《阳伞》这样一幅让人心情舒畅的画，就像上海成千上万个小布尔乔亚的白领那样。

我自小习惯对凡事表示赞同，而九州永远愤愤不平。他平时吝啬言语，只有我们一起喝了酒以后，他才会忽然变成一个碎嘴的家伙，我怀疑这并不是因为我特别值得他倾诉，只是我正好在那儿。小刀也正好在那儿，如果它会像我一样用人类的语言应和几声，它也许比我更称职也说不定。

九州早就读过了卡夫卡和马尔克斯，所以难免要抱怨语文课的愚蠢。出于对狄拉克的特殊喜爱，九州有权蔑视高中所有的物理课。当然他最不满的还是所有人都不能真正理解他，他每次举着酒瓶这么说的时候，我就干脆闭上嘴巴。我不知道他这么说是否也一起抱怨了我，还是把我列在"所有人"之外。其实我自知我就是"所有人"中的一个，就像我们的弄堂房子里挤得满满的住户，他们不需要知道得太多，他们被琐屑的生活挤压得面目相似，他们一针一线地过日子却可能比九州幸福。

尽管我明白这些，我依然心有不甘。每当两个少年一条狼在黄浦江边度过少年时代烈酒般的时光，我总是跌落到这一幕之外远远望着，满心伤感。

我不想却不得不怀疑九州对我的友谊，因为我在意他，就像我在意小刀，我怀疑九州只是把我当成他的一个影子。十六岁的我中等身材，五官平庸，戴着眼镜，已经能看出在不久的将来会变成一个线条柔和的胖子，我是如此随和、怯懦、毫无个性可言，我想正是这个原因，九州可以把我当成一张吸纳良好的宣纸，一块任意着色的画布。他与之交谈的那个人不是刘开，他把我想象成一个与他心思一致的投影，他在自言自语，而我自作多情。

小刀跟着我们出门喝酒的日子没持续多久。

小刀的个头见风就长，性情很快变得难以驾驭。九州的父亲赋闲之后学起了陶渊明，在院子里种菜养花，还喂了一群鸡。小刀曾经对这群鸡产生过极大的好奇心，成天伏低身体，注视它们骄矜地来来往往。直到有一天，家里下午临时来了客人，保姆未及买菜，九州的父亲就让杀一只鸡炖汤。

保姆杀鸡的时候，血的气味弥漫在院子，小刀的喉头发出了低沉的呼啸声,它的眼睛放出了异样的光芒,就像醍醐灌顶般,它忽然对着这群平素相安无事的邻居猛扑过去。院子里一片鸡叫翅扑,混乱很快被赶出来的众人制止,人们在院子的角落找到了小刀,前后不过几分钟的工夫而已,它的脚下只剩下了一摊血和骨渣,几片鸡毛还粘在上面飘飘荡荡。

这是九州事后告诉我的,他说当他看到那些残渣时,他的胃战栗得想呕吐。

小刀终于被拴了起来,九州这一回没有太强烈的异议。

小刀被拴起来之后就不再吃任何东西,它每一刻都在努力挣脱脖子上的皮圈,它用嘴去够够不着,它用爪子去抓,它用脖子本身去蹭,它原地打转愤怒不堪,一次次向远处冲刺,又被皮圈勒住脖子生生拉回来。眼看它脖子上的毛脱落了,皮磨破了露出暗红色的肉来。它成天用牙齿去咬绳子,一握粗的绳子满是缺口,它的嘴角永远是破的,在流血。

小刀会死的,我对九州说。

我忽然后悔参与养了它,我们养过的宠物有哪个不是死去的命运呢,与其说是我们曾经饲养了它们,不如说是它们在一遍遍教会我们死亡。九州默不作声,托腮凝视着挣扎不息的小刀,眯缝的眼角在微微跳动。

我说，把它解开来一会儿吧，至少让它吃点东西。

我说着就上前解皮圈，皮圈上血肉模糊，我恶心得有些晕眩，费了好大劲才解开来。我刚解开来，小刀就一下纵身跑到边上，眼神警惕地远远望着我，脚下随时准备加速的姿势，好像我也是拴住它的人之一。我有些伤心，拿起满满的搪瓷碗示意它过来吃东西，这碗里的肉加了又倒，它已经几乎一周没有吃过任何食物了。

小刀没有过来，它的鼻翼在翕动，耳朵搜索着周围的响动，它好像发现了什么，喉咙里又发出压低的喘息声，尾巴也渐渐绷直。我有了强烈的不祥的预感，我惊惶地四处张望，忽然发现一个三岁左右的孩子正朝院子的门口走来。我疾步向门口冲去，已经太晚了，此刻小刀的身体已经低低地贴到了地面，随即一个漂亮而凶狠的弧度它凌空跃起，我扑过去用身体挡住了孩子，只见小刀的牙齿已经靠近，它的眼睛森然如刀。

小刀！就听见九州大喝一声，小刀瞬间讪讪地停止了动作，它利刃般闪光的牙齿离我的脖颈只有半米的距离，我吓得一身冷汗。那孩子在我身子底下连哭都忘记了。

这一刻我的心里翻起了无数念头。

我想，终究小刀还是九州养的，它可以毫无顾忌地咬死我，但是九州的一声大喝就可以让它乖乖停止。我想，小刀到底是一条狼，即使它曾经以为自己是我们中间的一员，它也依然是狼，甚至没法假装一条狗。当它发现一只活生生的鸡可以成为流血的美餐时，它已明白，这世上任何活着的生物都可以成为它的食物，包括人在内。

我想，小刀完了，它已经没法在人的世界中活下去了。

小刀被更结实的铁链子锁了起来，这并没有完。自从那个孩子差点被小刀咬到后，整条路上的人都知道了这个院子里养着一条狼，孩子的父母不久带来了派出所的警察，他们全副武装地来到小刀面前。

小刀没有被打死，它被送进了动物园。

我一个人目送着小刀被装进笼子运走。在这个时候，九州已经去到我不能知道的远方。

我们最后一次坐在外白渡桥的栏杆上喝酒，就我们俩，没有小刀，九州还特意弄来了两瓶长城葡萄酒。我们喝完了所有的啤酒和红酒，把所有的酒瓶都扔进了黄浦江，它们像鱼一样吐着泡泡消失在浪花里。

天亮的时候，九州就背起他的行囊走了，他说他没必要做那些愚不可及的模拟试卷，也不想参加无聊的高考，做一个战战兢兢的准考证号码。他说世界很大他决定去走一走，这里不是属于他的地方。他说这句话的时候，我都感到热血沸腾，但是我知道我是一个庸人，所以我只是目送他远去，想象他桀骜的脚印将怎样踏遍天涯海角，他自由的衣摆会被迎面的风吹得很高。

我有整整两年没有九州的丁点消息。

我出入他家的院子不再因为他或小刀，而是为了他忧戚的父亲和母亲时常想看见我，也许我真的是九州的影子也说不定。

直到我收到大学录取通知书的那一天，我家的电话铃声响了，我拿起话筒，电话那头沉默了好一阵，然后传来九州熟悉的声音，带着沮丧的沙哑。他说，刘开，是我，你想办法给我寄点钱来，我在西藏，已经饿了好几天了。

***

我的手机响了，电话那头照例沉默了一阵，我已猜到是谁。少顷他说，刘开，是我，帮我开车弄台热水器来，我好几天没洗澡，都臭了。

我上个月刚过了四十岁生日，九州下个月满四十。

与九州不着边际的二十四年相比，我这个平庸的人一直过着十分之九随大流的生活，念完了本科与硕士之后，我进入了一家世界五百强企业工作，三十岁那年我休假去了云南一去不返，游荡了四年我重返职场，自此心无旁骛，事业稳步向上。

今年我升任公司亚太区市场总监，从上海调到北京总部，来之前九州的父母特意找我去他们家吃饭，再三叮嘱我有时间多去看看九州，劝劝他。我一口答应。其实答不答应是一样的。这么多年了，基本上是九州不愿见我的时候，怎样他也不会见，换电话换地址玩失踪更是家常便饭。然而一旦他要召见我，要我帮着办什么事情，他会从不含糊地从任何一个时间和地点冒出来，就像现在。

在接到这个电话前，我又有将近一年的时间没有他的任何消息了。最后一次出现是他说刚回上海，让我去看看他新画的画。当时我正在香港出差，他说只停留两天，我们就没见着。他当时在电话里说，他已经不写电影剧本，重新开始弄油画，打算到北京的近郊找房子住下。之后他的手机号码就又停机了。

两天以后是周六。

我让司机陪我去商店挑了一台热水器。我没有买太贵的，反正九州在一个地方从来住不长。司机帮我把箱子抬上车以后，我就让他早些回去过双休，换自己坐上驾驶座，开着车往怀柔去。

正是北京春暖花开的时候，公路边的大叶杨像一束束巨大的烟花，阳光在鲜绿的叶子上猎猎作响，我开过茶花遍布的山壑，油菜开遍的田野，车快要到达宋庄的时候，我惊觉自己走错了地方。以他的乖僻的个性，他决不可能住在这样众人聚集的地方。之前他在电话里说住在村子里画画，我也没问具体哪里，就条件反射地往宋庄来，我平庸的判断是多么要命啊。我打通他的电话，调转车头，心情也有了一百八十度的转弯。

我从北京的一头折返另一头并很快又远离城区，春天的沙尘暴挡住了我的视野，坑洼的土路颠簸着我的胖身子。天色渐黑，我开始后悔把司机遣回家去，自己开车来到这种鸟不拉屎的地方。

再没有下次了！我愤愤地转弯，大把打过方向盘，他以为他是谁，还是老洋房里的孩子可以随意差遣一个弄堂里的跟屁虫吗？落魄而麻烦的家伙，为什么每次在电话里提出各种要求时，态度居然还一派理所当然。

我转过这个崎岖的弯，车子往下一沉，滑入了村子后的一片空地。昏暗的天色中，一个高大嶙峋的人影站在土路尽头。我心里的声音忽然全都住口了。

我打开车门走过去，与他热烈地拥抱在一起。

借着最后的一点光线，我参观了九州的住处。简陋的农舍砖房，一间堂屋堆着各种耕种用具和杂物，唯一的改造是墙边他亲手砌起来的一个大壁炉，小房间做了卧室，床头有书，墙上有凌乱的笔记贴着，大房间是他的画室，成品堆积。屋后简易的棚子是他的卫生间和浴室，就是这里的热水器坏了。

说实话，直到如今，我心底里还是有佩服九州的成分。比如说他自己打理的这个地方和他亲手砌的壁炉，比如说他不论怎样依赖酒精，都还有这么自律的一面，还比如说，这个热水器我完全不用担心安装问题，他无论做什么都有模有样的，更包括他在艺术上的种种才华。可是这个凡事都强过我的家伙，居然大半生连一块安身立命的地方也没有。

我还记得当年他从西藏回来，带着他两条破洞的牛仔裤和一背包诗稿。

那时候的编辑还愿意阅读自由来稿，他的诗曾经破格发表在级别颇高的文学刊物上，算是一鸣惊人了。之后他被邀请参加了几次笔会，困惑地看着文人们当面称兄道弟彼此吹捧，背后极尽相互诋毁之能事。发掘他的前辈反复教诲他，光有作品是远远不够的，周旋是一门更重要的功课。他知道这话是为了他好，可是他陷入了平生第一次无能为力的茫然，别人忙着宴请饭局逢迎上门，他唯一会做的是继续躲在郊区的陋室里垒砌文字，在他虚拟的美丽世界里与自己较量。

他对人类世界的信息是这样闭塞，以至于当一位颇有声望的评论家全盘否定了他的作品，成群的同行趁机轻慢，他竟对这个重大的出局的消息无知无觉。

两个月后，他到底还是从好心的朋友口中得知了，这个打击让他一天之内从愤怒狂暴到心灰意冷，他没有选择跳楼跳海卧轨自焚来让他的诗得到一次重新评价的机会，并不是每次死亡的抗议都能赢得真理，他从儿时的阅读中就懂得了这点。他只是从此不再写诗了。

他不久开始给唱片公司作曲。

古典音乐的功底让他的歌比一般口香糖式的流行歌曲有嚼头，能给他发挥才华的空间也仅此而已。他在这个圈子里最大的烦恼是周围人的文化与审美水准，他认为那已经低到匪夷所思的程度，他这是用"社会文化工作者"的标准来衡量他们，其实不就是艺人和商人吗？

戴着假睫毛的所谓歌星在跟老板睡完之后，懒洋洋地到他的工作间指手画脚，说这四个小节改掉，太难唱了，还有低音和高音差这么多，怎么唱得上去。

艺术总监对他说，你最大的问题就是太有古典音乐情结，流行歌曲越口水才越容易广为传播，否则你让大多数人在卡拉OK里怎么唱呢？九州这时候已经懂得考虑生计的问题，他保持面无表情的傲慢，不应答也不反驳，可是他还是被人害了。

有一次公司开会，他打开茶杯的盖子，发现里面是满满的白酒，嗜酒的他自然是高兴得很。他喝了酒就会把不该说的心里话都说出来，这是大家都知道的脾气，所以他们挑了老板莅临会议的时候使了这一招。九州已经忘记他说过些什么，总之那个会上有人表情诡异，有人脸色铁青，次日他就如某些人所愿离开了公司。

这些都是九州找我喝酒时反复唠叨给我听的。

在远离我的这么多年里，他的出现总是意外、稀少、毫无规律，然而他的叙述没有遗漏过这些年中的任何一段时间，仿佛我这里是他人生脚印唯一的储藏室。他无数次对我说，将来他被世人误解、谩骂与驱赶，一文不名，生命草草收场，他只希望我能把他真实的经历记在心里，将来告诉愿意了解他的后人。

关于他自述的经历，我考证过其中一些情节的真实性，他的传奇与蹇运都能被当时的旁观者确认个八九不离十。考证基本没有什么难度，九州在哪个行业都算是一个有争议的小众名人。

离开诗坛和歌坛之后，九州做了电影编剧。

这曾经是九州的父亲最不愿意九州从事的行业，他已经为电影坐了大半辈子的冷板凳，可是那时候他已经顾不上不愿意了，三十不立的儿子能有一个正经营生就是天大的幸事。

九州合作的导演当时是个影坛的无名小辈，这份潦倒和潦倒时对世界难免的愤怒让九州和他一拍即合。现在我要说出这位导演的名字，旁人肯定不信，因为他今天早已是国内最主流的金牌导演之一了，这里我们姑且称他小松好了。

刚开始，九州和小松一起搞作者电影，九州的父亲眼看他们快要卖血买磁带了，就卖老脸给他们找来一些投资。这部后来在国际上得奖的电影，说实话有十分之九都出自九州的编剧和导演，他之所以让小松挂导演的名分，是因为他的这位兄弟不会编剧只会导演，这就奠定了他们之后合作的模式。

得奖之后，九州和小松继续合作愉快，小松一改愤青面貌，开始表现出他与世界厮混的才能，于是九州乐得更深地躲到他背后。小松和九州很快被"招安"了，开始拍摄主流电影，继而加入了轰轰烈烈拍大片的行列。准确地说，应该是小松被"招安"了，报章媒体上都是小松一个人的照片和名字，九州这个影子导演和实名编剧只是被一笔带过的"摄制组工作人员"。

九州说，这怪不得他兄弟，电影本来就是导演的艺术嘛。事实上，他依赖小松的程度比小松依赖他更甚，小松的存在可以让他不用与任何人照面，仅因为这点，他就甘愿让他大功全揽，好歹他还能创作，也还有一份稳定的收入。

在这期间，九州和小松唯一的矛盾是作品本身，可以想见电影投资、审片与发行的诸多意见者对于一部所谓大片的干涉有多少，再而三的妥协之下，原本的创作面目全非。九州无数次暴跳如雷，撕烂本子甩手不干。小松则有两件法宝对付他，一是刘备式的低姿态，二是抬出艰难时期的兄弟情谊。

大片赚得巨额票房，也赚得了骂声载道，骂没关系，这对商业电影来说也许还是免费的宣传，除了对导演声誉多少有些损害。后来有更强的一波声音说，是九州编剧的本子太烂，小松的导演还是到位的，导演的功力甚至还弥补了剧本的诸多不足。

这是剧组花钱放出的烟幕弹，九州没有出面辩解什么。

随着小松的名字如日中天，这位代表着当今电影最高票房的导演终于发现，就像一条裙子美丽与否已经无所谓，只要缝上品牌，自然会获得崇拜与瞻仰，九州已经不重要了。而且出于多年的不甘和如今在众多赞誉下虚妄的自信，他认为对于这些商业电影，他亲手操刀也许并不比九州差多少。于是有一回九州又发飙罢工，他发现小松没有再光顾他的茅庐，连一个电话也没有。

这个打击之后，两手空空的九州捡起了当年的油画笔，我不知道这算是回归，还是胆怯了。我只知道，不论他如何精于技艺，就他和这世界疏离的天生秉性，这份职业一样不能令他温饱安居。所以我对眼前他的贫寒毫不惊讶。

我参观着九州租住快一年的工作室，估量这样的农舍每年租金要不了两千。这已是村子最荒凉的尽头，举首见山，既便宜又非常符合他对人群厌恶的怪癖，亏得他能找到这样的地方。

他说，受了这么多回折腾以后，他确定自己是不适合跟人相处的，这些年他越来越怕见人，看着人们的嘴脸，不知怎的就觉得特别狰狞，和人处还不如和狼处来得安心。

他说这话的时候拍了拍我的肩膀，意为这番谴责不包括我在内。

在屋后淋浴的棚子边上,他还垦了一方菜地,种得整齐,菜地边养着十几只鸡满地乱跑,我看着那些鸡,不知怎的就想起了九州的父亲,嘴里只说,嘿,你这是学陶渊明哪!半晌没回答,九州没搭理我,我扭头就看见他正严厉地在他屋后的领地上搜寻。忽然他发现了什么,大喝一声,小刀!

我吓了一跳,时间回去二十四年,我蓦然习惯地找寻脚边那条消失多年的小狼。

这不是做梦吧?我竟看见小刀躲躲挨挨地从棚子后面走出来。

它多半是打了个盹。九州抄起墙边的木棒就朝它身上招呼过去,我不明白他为什么突然这么愤怒,他一边抡棒子,一边两眼通红地骂着,杂种,就知道偷懒,看鸡都跑到哪儿去了!

小刀挨了一下,惊痛跳开,倒挂的窄眼睛像被这一击点燃了一样,它凶狠地龇开嘴露出狼牙,喉咙里发出低沉的呼啸声,似乎立刻就要扑上去咬断九州的喉咙,我相信它做得到。我惊叫一声,九州却不管不顾地抡着棒子迎上去,恼怒地嚷着,你出息了,你敢!

有一刹那我以为惨剧就要发生,小刀已经蹲低了身子,准备起跳,可是有什么拉住了它,是它的眼睛里闪现的一抹犹豫不决，它的形体居然忽然凝住，拱起背死扛了两下棒子，然后嗷呜惨叫一声，再次矮身逃开。它跑了却并不跑远，在十步之外的地方停住，回身看着九州，呜呜地发出哀怜声。

我此刻的直觉是，它不是狼！

可是这明明就是小刀啊，我的眼睛难道骗了我？灰色的皮毛，瘦长的身子，紧蹙的眉眼，比狗略长的嘴，两颊各有一撮白毛，这是草原狼的特点。不过它的眼睛不再锐利，那里变幻着模糊的情绪，它的尾巴是狗一般上举的，如果仔细看，会发现它的体形其实比小刀要瘦小很多，皮毛干涩。

我的头脑有些混乱。九州提着棍子还要追上去再打。我赶紧挡在他面前说，你这是干什么，你这是干什么呢？

我这么一挡，九州看着我，血红的眼睛变得迷茫，好像身上的恶灵被我惊走一般。我闻到他身上有酒味。他沮丧地扔下棍子，小刀趁此一溜烟地跑远了。我还没来得及再次确认一下，它究竟是什么。

载来的热水器让九州很是高兴，他每次总是带着孩子般侥幸的欣喜接受我带来的礼物，尽管那是他自己提出要的，也仅限于他提出要的东西，别的不行。

他用刀划开箱子，把热水器横在棚子的水槽上，察看着各种零件啧啧称赞。他说之前的热水器是二手买来的,管子都锈得不像样子了。他这么说的时候我感到辛酸,他却无动于衷地继续夸赞这台崭新的热水器。其实这才花费了我三千不到。

他说,他知道自己个性上的臭毛病比前些年更要命,他不仅是孤僻而已了,现在城市里聚集的人群让他烦躁和恐惧,他已经完全没法在那样的地方待上一周以上,他需要荒凉无人的所在,待在越荒凉的地方心里才越平静。如果不是需要一间房子安身,他恨不得直接遁入深山丛林里。不过他还是需要洗热水澡,最好是每天有得洗,他需要抽水马桶,他需要洗衣机洗衣裳,他需要超市可以买到阿迪达斯的男士沐浴露、大瓶饮用水、柔软的毛巾和厚实的卷筒纸,他还需要酒,没有法国红酒,最廉价的高度白酒也好。

说到这里,他自嘲地摇头说,他这个受不了待在人群里的人,却摆脱不了依赖人类社会的一切,这是多么可笑的事情。

他这么絮叨的时候,我们已经坐在堂屋的壁炉前一起喝酒了。

墙边一溜二锅头的空瓶看得我暗暗叹息,他笑着说这酒比较划算,度数高,每天一瓶就够了,才八块钱还喝得起,不像啤酒喝一箱都没感觉,喝起来又费时又费钱。厨房里还有些吃剩的猪腿肉，他用刀子切成小块，我们便就着这个对饮二锅头，用他找出的两个颜色不明的搪瓷茶缸。

木柴在壁炉里毕剥作响灼热着我一半的身体，酒气和焦炭的香气弥漫在这间四壁发黑的村屋里，火光像烈酒的血色一样在他面颊上波澜明灭，这种陌生的情境不知怎的却让我想起了黄浦江上的风与浪花，十六岁的他咬开啤酒瓶盖子递给我。

他明显老了，骨骼粗大的身躯佝偻得有些早，原本是青春期的瘦削，如今则是人到中年的枯瘦，他一贯紧蹙沉思的眉眼深深刻在带着日晒颜色的鱼尾纹中，这让我为自己保养良好的面貌而感到一丝自得，虽然肥胖让我看起来并不比他年轻。我坐在他身边喝酒，听着他的抱怨，看着他的衣袖上熟悉的褶皱，只有这些褶皱从来没有变过。

有一个瘦长的身躯在敞开的门外窥伺。

火的光亮把它的影子投射到黑暗的泥地中，这让它的每一个细小动作都无法藏躲。山里初春的夜晚湿冷沁骨，风吹着它干涩的皮毛瑟瑟发抖，火光与肉香吸引着它，它想沿着墙根走进来，先探头望我们的反应，它谨慎地几次抬起前爪又止步，只是把身体紧紧贴着靠近门口的墙壁，仿佛那映着火光的墙能把屋里的温暖传递给它。

小刀，进来。九州都没向门口瞟过一眼，低头对着火光轻轻喝了一声。

瘦长的身躯拖着更长的影子一步一挨地走进来。它身披的影子如此庞大，勾勒着它狼一般的形状，仿佛是从门外山影幢幢的无边黑暗里到来的某种力量，而它被火光照亮的身躯却是如此战战兢兢，带着说不清的眷恋和依顺走向九州的脚边。

九州用刀子挑起一块肉，在嘴里嚼碎了放在手掌里喂它，小刀急切地呜呜叫着。九州又嚼了一块给它，这一回，它被这突如其来的疼爱弄得欢欣起来，竟然跳跃着头追着尾巴打了几圈，多么熟悉的姿态，我和九州都有些泫然了。九州叹了一口气，用手抚摸着小刀的脊背，当手触碰到它刚才被打的新伤，它的身体战栗了一下，却没有躲开那双大手。

说实话，我之所以留下来喝酒，除了九州的热情挽留之外，很大程度上是为了这个被九州唤作"小刀"的小东西，它勾起了我的好奇心和我心里莫名暗涌的感情。

它不是小刀。

一条狼不会任由人虐打而不跳起来咬断对方的脖子，也不会没有绳索却被拴在后院迈不开步子。一条狼没有主人只有朋友。一条狼其实并不依赖人类世界的任何东西，不依赖任何一个人或地方，它唯一眷恋的是大山那边莽莽的荒野。一条狼不会看见我们盘子里的肉块，却忍饥挨饿等着人施舍。还有，一条狼怎么会替人看管鸡群呢，这简直是笑话。

我知道它不是小刀，二十四年了，任何一条狼都没有这么长的寿命，况且我早已得到小刀的死讯。

当年九州离家出走，小刀被关进动物园，我是仅剩的可以去探望小刀的朋友了。可是我每次计划好要去探望它，每次都因为各种各样的原因耽误了。其实我心里明白，我是故意的。我不忍心看见铁笼子里的小刀。豢养对其他动物可能是仁慈，对小刀绝对不是，它会被屈辱逼得发狂，它会骨瘦如柴，它会用刀子般的目光穿透我而我完全没法帮到它。就在九州从西藏打回电话求助的几天之后，我接到了动物园打来的电话。

他们说，狼死了。

我给九州汇款过去的那天，就顺道坐车去了动物园。我当然没有看见小刀最后一眼，他们不会保留一具狼的遗体。这一区的管理员带我去以前关小刀的笼子看了看，他正缺人说话。

他说，这条狼还真是神了，一开始给它什么都不吃，后来顶多半夜没人的时候吃一点，但是有人看着它的时候绝对一口不吃。它吃得这么少居然还活了这么长，到后来它的一身皮子都在骨架上垂了下来，看得我都害怕。你说它不怎么吃东西吧，还不歇着，每天就贴着笼子的铁栏杆一圈一圈不停地走，好像走着走着就能找到缺口走出去一样。半夜的时候它就用牙齿咬栏杆，骨头摩擦铁的声音，这个吓人哪，一直到天亮。

他说，这还是它有气力的时候，后来它饿得完全虚脱了，也咬不动栏杆了，但还是每天贴着栏杆走，一步一磕，直到它忽然一头栽倒。我当时还不敢进去看，怕它咬我，它再奄奄一息的时候咬人都特别狠，我拿棍子扒拉它，它一动不动，我这才走过去把它提起来，像提一块破皮子，它果然终于断气了。你看看这铁栏杆边上地面一圈，都是它这两年踩出来的脚印，水泥地啊，都能磨得低下去。

这是一个十米见方的囚室，三面的铁栏杆是为了游客观赏的方便，然而这能清楚看见外面的栏杆害了小刀，或者给了它继续活了两年的希望和痛苦。我看见靠近栏杆的一圈地面明显地陷了下去，可以想见小刀曾经怎样日以继夜地贴着栏杆走，试图有一天能走出这里。现在它终于走出这里了，它在天堂的草原与山冈间尽情奔跑，希望它有生肉可以大快朵颐，我的兄弟，我的小刀，对不起我没有能打开铁笼子放走你。

眼下，一条跟小刀如此相似的小狼，抑或是狗，出现在我的面前，我的脑子真的乱了。

我也拿起一块肉喂它，小刀却不接，反而退后两步对我龇出了尖牙，好像我这个动作是一种侵犯。九州喝它说，小刀，不许对别人露出这副狼模样。我悻悻地扔下肉，哼了一声，就凭它，也是一条狼？给你看鸡的狼？

九州问我，你不觉得它很眼熟吗？

于是他告诉我，去年他回上海的时候，发现隔壁人家院子里的狗生了小狗，有一条特别像当年刚刚抱来的小刀。他打听之下才知道，原来小刀被拴起来前不久，隔壁的一条德国黑背就怀孕了，现在这条怀孕的狗是德国黑背的闺女，不知怎的就忽然生出了一条如此像狼的狗。那家人正好要把小狗分散送人，他就要下了这条带在身边，依然取名叫小刀，在北京郊区的这个村子里养了已经一年。

他说，刘开，小刀可是你当年取的名字啊。

我说，可惜它是一条狗。

九州说，它还是一条狼！你不知道的，它骨子里就是一条狼！

　　九州端着白酒的茶缸，摇着头，用我熟悉的讥诮表情指着小刀说，你知道我为什么要让小刀看鸡吗？因为这能让它痛苦！我特别喜欢研究它看管鸡群时的神情。当它看着那些肥嘟嘟的鸡在它面前走来走去，散发着生肉的香气，它的眼睛充满了不管不顾的热切和冷酷，它的身体绷得笔直，尾巴都直得像一张弓，有时候它的前爪都伏下来了，好像顷刻间就要扑上去撕咬一场，把它们统统撕成血淋淋的肉块吞进肚子里。

　　可是它总在关键时刻硬生生停了下来，它身上狗的依赖和怯懦告诉它要遵从我的意志，保护好鸡群而不是充当那个破坏者，尽管它生来就是鸡的天敌。这实在太有趣了。

　　刘开，我告诉你，我就是喜欢看着它徘徊在鸡群周围，充满着自己和自己征战的痛苦，满怀杀机却又努力克制委曲求全，它的眼睛里不断变换着暴烈的光芒与猥琐的黯淡，你可以看见它的身体里时刻有一条狼和一只狗在相互搏斗。所以它总是趁我不在的时候偷偷躲开鸡群，这样它就可以暂时获得平静，不去想该保护还是该咬死它们，所以它一躲开我就要揍它，我要让它每分钟都看着这些鸡，我要让它变回一条狼！

刘开，我看着它的时候总是想，它为什么不痛痛快快扑上去把鸡都咬死，然后跑进大山里呢？你看树木丰茂的群山就在离这儿不到五百米的地方，它大可以从此离开人的世界，自由自在地奔跑在丛林里。我这个主人这个屋檐有什么值得眷恋的呢？我从来让它挨饿受冻，我打它，我让它受尽屈辱。可是你知道它贪恋什么吗？只要我偶尔赏它一块嚼过的肉，赞许地摸摸它的脑袋，甚至给它一个好脸色，它就开心得什么似的。

你说它多没出息！

九州说着就去踢小刀，小刀正蹲在火光里吃肉，它显然已经习惯了主人这样的态度，只是在咽喉里低吼几声，继续着它短暂的快乐。

我忙拉住九州说，火快灭了，加点柴吧。

据说木柴燃烧的味道闻久了会上瘾，现在屋里蔓延的空气果然让我的身体充满了欣悦，暖加上肺部的醉，与肠胃里的酒醉不同，这种醉让我觉得不是兴奋而是放松，连我的颈椎痛也消失了大半。九州用火钳调整着火里的柴，屋里再次明亮起来，火光落在我搪瓷缸的白酒中，泛出与白开水不同的浓稠光泽。

我们在渐暖的温度中又饮了一轮，九州好像累了，他将一副枯瘦的大骨骼支撑在膝盖上，两肩支撑着头颅，竟然少有地沉默起来。他的皱纹在眉目间塌陷进去，像秋天落尽叶子下垂的枝条，他喉头的呼吸声有点重，这是喝醉之后难以控制各个零件的征兆，只有他的手指还紧紧扣着搪瓷缸子的把手，他的酒，扣得手指关节鼓凸发白。我们无言了好一阵，有一刹那我几乎坐着睡着了，然后我忽然想起这个时机里最适合的话题。

我说，九州，上次我跟你说的给画廊干活的事情，你考虑得怎么样了？

我说这句话的时候，尽量做出一副顺理成章的模样，似乎我昨天才跟他谈过这回事，而他从来没有言辞凿凿地拒绝过我。其实这回事是我一年半前替他张罗的。

当时他已经被小松冷搁了两年有余，没工作，没收入，就名字还挂在摄制组。他打电话给我，说是闲来无事画了几幅油画，问我有没有画廊可以寄卖。我一听这个高傲成性的家伙这么跟我说，就知道他的经济又出问题了。

我在上海正好有个朋友是开画廊的，生意还做得不错，可是九州的画在那儿挂了几个月却根本无人问津，朋友也劝我拿回去算了。我挺着急，问还有什么办法。朋友就建议说，这个画家看上去功底还不错，不知道愿不愿意给他们画行画，按他们的要求定期画几幅交来，画廊每月支付给他固定的收入。

我一听就觉得没戏，九州哪儿会愿意按别人要求画画呢，不过我相信他需要稳定的经济来源，我也希望如此，正像他父母二十几年来也一直拜托我这么劝他。于是我就在电话里跟九州谈了，于是九州如我所料地一口拒绝了。

不久他就告诉我，他已经离开小松打算全副精力画画，他回了一次上海，就是一年前与我错过的那次，随后他又回到北京发展，他说北京美术界的创作气氛比较自由。不过看他现在这个样子，我觉得我还是有必要再努力劝他一劝。

我说，九州，你就算答应了也不过是画几幅，你还有大把时间可以画你自己的画。

九州忽然斜睨着我诡秘地笑了，他的笑容带着孩子受到宠爱的幸福。他说，就知道你又要跟我说这个了，你这个像女人一样唠叨的家伙！

是的，我始终是这样一个角色，在他引领我度过少年时代之后，就是我不停地苦口婆心在劝他，为他张罗各种正经的生计。他写诗那阵子，我为他介绍过出版社。他作曲那一段，抱怨工作环境不好，我还为他介绍过可以跳槽的唱片公司。可是他唯一的乐趣似乎就是等我这么一遍又一遍恳求他，他幸福地笑着，幸福而又不屑，摇着头，像是对我还是对自己的不以为然，他举起手里的搪瓷缸子使劲碰我的说，喝酒喝酒，不说废话。我又把劝他的话讲了一遍，他继续摇头，神情开始变得悲伤，却没有斩钉截铁地拒绝，只还是说，不谈这个，今天不谈这个。这时候我知道有门了，他老了，毕竟还是知道了生计的艰难，他心里有两个声音正打算彼此妥协，我在等。

　　我用缸子碰他的缸子说，我多希望你能好好的，从今往后都好好的。

　　他没有喝这一口，眼睛瞪着前方的地面发呆，眼角在微微抽动。有一刹那我以为他要对我说什么，后来我才发现他并不是看着地面，而是一直注视着正在走向门口的小刀。

　　小刀绻缱在屋里这么久，已经皮毛温暖，吃了肉之后眼睛也亮了起来，它正竖起耳朵聆听着门外的什么。黑暗中风涛阵阵，我们能听见的仅此而已，小刀的耳朵却贪婪而兴奋地不停耸动，似乎听到了大山深处和荒野里数不胜数的声响，好像是有什么在召唤它，也许是我们想象不到的生命与色彩，也许是驳杂、深邃、浩大与空旷的荒凉，谁知道呢。它站起来，一步一步冲动而又迟疑地向着门口迈去，它的皮毛渐渐耸起仿佛让它的身体一瞬间变得巨大狰狞。它走得如此慢,每一步都让我们感到心跳在等待中怦怦作响,走到门口的时候,它停了下来。

这时九州忽然怒了,他大叫一声,滚啊!你怎么不痛痛快快给我滚!

小刀听到叫声身体一缩,它没有飞跑出门消失在黑夜中,反而像从梦中被吓醒般,呜呜叫着一溜烟回到了九州的脚边。

你这个杂种!九州骂着扔下搪瓷缸子,顺手操起火钳,从壁炉里夹起一块火炭就朝它身上烫去。异样的嚎叫,我闻到了皮毛烧焦的气味,小刀像弹簧一样惊跳起来,它的眼睛瞬间变得血红,我从来没见过这样血红的刀子,我眼前一暗,仿佛漆黑的大地翻转过来掠过头顶,伴着天空裂开般的呼啸和轰然巨响,小刀已经将九州扑倒在地,火钳掉落在壁炉里火星四溅,小刀森然的牙齿已经到了九州的脖颈前,不到两寸的距离。

小刀停下了。

现在我终于相信九州描述小刀看着鸡群时的表情了。小刀这一刻骑在九州的胸膛上,龇着牙齿,它方才还锋利如刀的眼神此时复杂而含混,充满了不知所措的痛苦。它的姿态凝固着,注满了愤怒的力量却又不再能移动分毫，我能看见一只委曲求全的狗和一条不容妥协的狼在这静止中彼此厮杀。

我还忘记说一件很蹊跷的事情，九州被扑倒的时候，我看见了他倒地时的脸，他的表情。当时我实在太惊骇了，以至于后来才想起他的表情非常古怪。

他的脸上没有一丝吃惊和恐惧，几乎是从容地、早有预料地，甚至带着一丝奇异的欣慰的微笑，他倒了下去。如果我没有记错的话，当小刀的牙齿靠近他的脖颈时，他还平静地长吁了一口气。之后，随着小刀的进攻戛然而止，不耐和讥诮重新爬上了九州的脸，他冷哼了一声，用手肘轻轻一顶，小刀就从他身上跌落下来。

我连忙扶九州起来，他也不再去追打小刀，自顾捡起摔破的搪瓷缸子，并不冲洗，直接倒上白酒，坐下来大口喝着。而小刀既不再扑咬，也不逃跑，只是神不守舍地愣了一会儿，然后自己慢慢走出门去了。

＊＊＊

那天夜里后来发生了让我很不愉快的事情，使我后悔留下过夜。

九州拉着我去他的画室，说是要给我看他这一年里最满意的几幅作品。他打开画室的灯，兴奋地搬出一幅又一幅,他对我脸上困惑的表情感到焦躁,一会儿抱怨我站得太近了,一会儿又把画举起来,或者命令我蹲低一点看。我倦不可当,还是努力配合他,尽量表现出感兴趣的样子。

最后他问我怎么样,我回答很好。

他把画框重重地扔到墙边说,你没有觉得很好,你看画时候的表情不是这样的,你在说谎!

这句话终于点燃了我的不快,在这半夜的画室里,我认为自己已经完美地体现了一个朋友应有的立场,礼貌、容忍而善意,包括我这个必然的回答。他明明就是巴望听见我的赞赏,他就算用脚指头也能猜出我的回答,现在却来指责我。我顿时沉下脸说,我早就很困了,我开了很远的车过来,现在我要去睡觉了。

九州的大手一把拉住了我的肩头,他命令,你等一下!你再看一遍!

我甩开他的手说,我已经跟你说过我很困了!如果你不安排我睡觉,我现在就摸黑开车回去!

我怒不可遏,是什么让他这么趾高气扬?我劝他的话他从来不听,我辛苦给张罗的事情他从来不领情,他却非要我诚心诚意地认可他的作品是传世瑰宝,他以为他是谁?

他继续拦着我,他说,你知道吗,刘开,你是这个世上唯一懂得我作品的人,你不应该骗我的!

我说,我可没这么了不起。如果你觉得我一直在为你张罗什么就是因为特别欣赏你的作品,我现在就告诉你,我不是。我不是你的拥趸,即便我觉得你的作品有可取之处,我也不是因为这个原因在这儿陪你喝酒和发疯,我现在来看你,想帮你,只是因为你是我从小一起长大的弟兄,只是因为我对你有感情,我希望你别这么自以为是,把这感情糟蹋了。

这番话让九州安静下来,他一声不吭,默默站立。我并不打算心软安慰他。过了半响,他说,到我房里睡吧,你睡床,我睡地。我跟他走出画室的时候,他忽然低声下气地哀求道,这画室的灯光不好,影响了画面,明天早上你再来看看我这些画好吗?

我该怎样描述这些画呢。

它们让我想起少年时代九州临摹戈雅的那幅《农神噬子》。他现在的画没有了具体的形状和人物,只是似是而非的色块,可是还能一眼感受到那种由残忍、黑暗和狰狞焕发的巨大力量。现在我知道为什么没有人买他的画了,即使有人看到他的画,感到吸引和震撼,也没有人会愿意把那样的东西挂在客厅的墙上。从装饰的意义而言,挂一些风景、美女和水果实在要靠谱得多。而从收藏的意义来讲,他不是名家,他的画除了占仓库一无用处。

第二天早晨，九州居然没有忘记这回事，或者说，他只记得这回事。他一早起来就又把我拉去他的画室，重新一幅一幅地给我看，一边紧张地观察我的表情。我只得任他摆布，跟随他的意愿诺诺应声，让他肆意表现，让他满意和开怀，我劝他为画廊工作的建议他却一句不提。

我替自己感到不值，我觉得二十四年过去了，他依然还把我当成他的一个影子或傀儡。这让我打定主意，下次再也不来他这里了。

然而一个月之后，我又改变主意，驱车去往了那个荒山边的小村庄。

原因是九州打电话给我，电话里他的声音生涩而疲惫，刘开，给我买点酒和肉过来好吗，能就快一点。很简短，没有下文了。我意识到他遇到了很大的问题，村庄里可能缺正牌的洗发水、沐浴露或是热水器，唯独酒和肉是不会少的，除非他已经山穷水尽，连果腹的钱也没有了。我飞快地想到了小刀，如果说人还能靠一点干粮过活的话，小刀怎么办？

电话打来的那天正是周五，我没有马上赶过去，不想显得过于关心。周六上午买了送过去也是一样的。我告诉自己，这只是为了小刀而已。

结果第二天我醒得出奇的早，打开窗帘。在这个静谧的休息天的清晨，大雨方歇，微明的天边刚泛起玫瑰色的朝霞。我打电话叫司机过来接我，我们一起去熟食店切了五斤牛肉和五斤羊肉，已然入夏，我不记得九州的房子里有冰箱。我还特意去菜场包了半片带血的生猪腿，这是给小刀准备的。

这回是司机开车。

我想这是一个不让自己心软的好办法，到时候就能顺理成章地放下肉就走。司机一路上对这段难走的山路抱怨良多，刚下了大半夜的雨，土路融化成了泥泞，就在好不容易开到村口的时候，车轮不幸陷进了一个大泥坑，油门踩到底，就看见轮胎突突地空转，除了翻溅起一片片泥点外，毫无用处。

司机打电话找拖车。村民围上来看热闹。有个杂货店的老太太打量着我说，你是那个画家的哥们吧？我上次看见你开着这辆车来过，你还跟我问路的记不记得？你们城里人还真奇怪，热热闹闹的大城市不住，偏要住到我们这样的地方来，听说是为了搞艺术？

我不在意地应着，就听老太太话锋忽然转了，你们搞的艺术我们不懂，可是你们做的事情我们看不惯。家里的狗是不能打的，往死里打更是不应该，在我们这里狗也算是家里的一口。

我忙问发生了什么。

老太太说,你问问你的哥们去,他每天都喝得醉醺醺的,每次喝醉了就打他家的狗,还拿着棍子满地追着打,打得狗呜哇惨叫,整个村子都能听见。有时候我们看见那条狗一瘸一拐地走过,浑身都是伤,我们都看不下去了。可是等第二天酒醒了,他又抱着狗大哭,哭得比狼嚎还难听,你说你要是真的心疼你的狗,你干吗打它呢?

我听得怒火直往上冒,我对老太太说,我这就步行去他那里,狗的事情我会跟他说的。

老太太说,你要小心。他不知从哪里弄来一支土枪,昨晚还拿枪打他的狗,吓得狗满地乱逃,我们真怕他不小心打到它。要是他还没酒醒,没准也会打你。

我在屋后的棚子边找到了九州。

他安静得像一座雕像,阳光把他眉骨紧蹙的阴影投到了深陷的两颊上,他更瘦了,似乎生命所有的活力和欢乐都被挤压殆尽,只剩枯槁而坚硬的骨骼。他正蹲在地上给小刀上药,他的动作耐心而柔和,一种近乎绝望的平和包裹着他,使他现在看上去不像是在忏悔,倒像是在祈祷。小刀伤痕累累,不忍卒看,它偶尔因为伤口被触碰的疼痛而颤动一下,但是大部分时间它侧卧在九州脚前,任凭九州缓慢的动作,那种恬静更像是一种毅然决然的相依为命。

他们之间无法伪饰的默契让我相信,昔日的小刀只是九州一个人养的狼,今日的小刀也只属于九州,这不是食物和棍棒的问题,是宿命,这宿命正在路上,很快会走到结局。

我的怒火已经无从往来了。

我也蹲下来。九州似乎早就知道我这个时候会到,并没有什么表情,我瞥见他的眼眶有些微红,刚流过泪的模样。我说,你这是何苦来呢,你想逼它变回一条狼吗,你想让它咬死你吗,这样你们两个就都能解脱了是吗?

他没有改变姿势,继续在给小刀上药,他说,它为什么还不咬死我?一个没用的人,一条没用的狼!他说着苦笑起来。

我发现小刀的耳朵缺了一小块,周围有烧焦的痕迹,我问这是怎么了。

九州答,昨晚被子弹不小心燎到了,我不想打到它的。

我问,你要枪做什么?他沉默不语。

我有了更加不祥的预感,我把两包熟肉和半片生肉放下说,你要是想寻死,干吗还要我大老远送肉来,你就这么饿死不是更好?他还是不答。

我又说，酒是没有，你要能就自己买，你还是清醒点好，我只带了肉来，熟的是给你的，生肉给小刀。他终于开口，小刀的你自己给它。

说完他就提起两包熟肉站起来，把小刀和我留在原地，自己走进屋里去了。

我打开包着生肉的塑料袋和报纸，小刀艰难地站起来退后了两步，戒备地看着我。它身上的伤痕深红与褐色相间，是远近不同的日子留下的，它似乎意识到我在观察它这些招致同情的印痕，于是蛮不讲理地恼怒起来，喉咙间发出了威胁的咆哮。我将生肉往它面前推了推，我想它早就知道我的来意，只是它不肯领情。吃吧，吃吧，我说着找了条凳子坐下来，我想这样它该不再有敌意了，我也走得累了，须得放下我的胖身子一会。

我在太阳底下坐了半晌，面向不远处的青山，风从苍翠的山坡而来，煞是清新宜人，我安静且开始昏昏欲睡，可是小刀一直就站在离我几米远的地方，生肉就在它的左近，它的鼻子明显在翕动着，就是一口不碰。我这时才意识到，是我疏忽了，狼是不会被生人看着吃东西的。小刀，它毕竟还有狼的一半血液，所以它有狼的尊严。我这么想着的时候心里有些感动。

于是我故意走开去，果然我看见它一口叼住了那块带着生血的肉，走到僻静之处，利落地分解与吞食完了。它一定饿坏了，这才花了它不到几分钟，连残屑都没有留下。

它踱回来的时候，九州养着的那群鸡都从菜地边走近前来，十几只都围拢在它身边，趾高气扬地聒噪着，这时我看见了它的眼神，杀机与怯懦的复杂混合，在这些考验它究竟是狗是狼的诱人食物中间，它的姿态如此僵硬，它再次陷入了与自己搏斗的痛苦中。

那天我又跟九州谈了画廊的事。

我说我希望他能接受这份工作。他沮丧地向我举起他的一双大手，像是投降的姿势，有一瞬间我又以为他将答允我了，结果他的回答是，刘开，你要是想帮的话，你就替我问问，你的朋友当中有谁愿意买我的画，多少钱一幅我都愿意，这一房间你们随便挑。他还附加了一句，只要他们能好好待这些画。

我没有忍心直接对他说，这些画不会有人愿意买，这是早就实验过的。其实这个事实他也知道。我这时能说的只有，好吧，我试试看，过些日子我带几个朋友来这里参观一下你的画。很虚弱的托词，我觉得自己说得都语调虚浮，不知后面怎么落实。

九州说，如果他们相信我的实力，就不要来看，直接买吧，便宜一点没关系。我怕见人，你知道的，我对人类过敏。

我说,什么对人类过敏,好像你自己不是人类似的。最后我还是答应他说,好吧,我尽力吧。我觉得像是一个疯子在安慰另一个疯子,两人认真讨论的完全是不切实的幻想。

九州邀请我留下来一起吃肉,我说待会拖车来了就得跟着走。然后司机跑来叫我,拖车果然来了。我转身离开的时候感到心里一阵轻松。

**

每次从九州那里回来,我总是特别期待周一的到来,它让我沉重而空荡荡的心重新感到安全和充满,尽管充满的是些我早就厌烦的琐碎、平庸。

比如司机以同样的倒车程序把车停到我的专用车位上,我循着不变的电梯和通道走进我的总监办公室,比如走廊上会有很多女职员的问好声,电脑开机的音乐永远如此,邮箱里再次塞满各部门的信函往来,我那个四十开外的女秘书塞尔维亚照例絮絮叨叨送进来一大堆日程安排。生活再次进入无意义的正轨,让我即便知道这样是像狗一样一天天被生命差役到死,我也宁愿趴在这满是爬虫的门毯上打瞌睡。

不过这个星期一并没有能完全治愈我。

九州给我留下的空茫的感觉隐约还在那里，黑得像个能吸进一切现实生活的洞。

我忍不住跟塞尔维亚聊了一会儿我的烦恼，我对她说，我有个从小一起长大的弟兄，他的人生总是充满了深渊需要我去拯救。他会随时随地出现吩咐我做这做那，他对我指气颐使好像这是我的荣幸。他从不听从我的劝告，考虑我提出的可行方案。他只希望世界配合他的步伐，而这些异想天开的愿望他希望我来替他实现。总而言之，偏偏我又从不拒绝他，我不仅是心软，而且错觉那是我必须的义务。

于是塞尔维亚给我下了结论，她说我已经长时间患有斯德哥尔摩综合征。

我这么跟塞尔维亚倾诉的时候，她刚刚从银行回来，替我把两万元钱的现金从我的银行卡里取出来，还有九州父母的一笔两万元的汇款，加起来总共四万元，应该够九州在村子里大半年的生活开支了。

我把玩着四方小纸砖，心中忐忑，想着尽量编出一个圆满的谎话让九州愿意收下来，又怕他万一发现破绽对我大发雷霆，更加自暴自弃，真的立时去寻了短见。

下午塞尔维亚敲门进来告诉我，我申请的两天临时休假人事部门已经批准了。明后两天我不在的时候，她会代我收发文件，不会让工作电话打扰到我。

我又自己驾车驶上了郊区的路，盛夏的阳光饱满充沛，树叶广袤，群山浓绿，世界何其美丽。此时此地，我心境虔宁地踩足油门飞驰向前，一心只想早些见到九州，见到小刀。其实这么多年过去了，九州究竟把我看作他的拥趸还是影子，这已不重要。在我们俩微妙的关系中，我意识到我始终承担的是一种莫名其妙的内疚，面对这美丽世界的内疚。

我平庸怠懒，我何德何能享用这世界给我的安稳和富足。而九州敏慧、勇敢、锐利，从不放弃聆听内心自由的召唤，与这世界进行着伤痕累累的角力，他却始终颠沛流离，一无所获。我们就这样一起长大，诠释着完全相反的命运，就好像这些年我享用的就是世界从他手里夺走的，就好像我从他那里偷走了什么。

这不仅是内疚，还有一种隐约而深邃的恐惧，他让我怀疑我所获得的完全是一场白痴游戏的奖品，我在这世上立足的事实毫无凭据，他让我怀疑命运是一方荒谬的角力场，人世间的巨塔只是无稽的堆砌。

我买了红酒，买了肉。

我对九州说，我们要好好庆祝一下，因为你的画有人愿意买下一批。

九州疑惑地问，这么快吗，我周六跟你说的，今天才周二，你在哪里找到的买家？

我流利地回答道，我这个朋友总是听我说到你，他最近新买了别墅，有一个不小的仓库，他早就想买一些画来收藏，所以我刚提起你卖画的事情，他就特别感兴趣。

我问九州，是你说多少钱一幅你都愿意的是吗？九州将信将疑地点头。

我说，那就对不起你了，他只愿意给五千元一幅，但是一下要你八幅。我得故意为买家装出些苛刻的样子。

我说，还有，是你说你不想见到其他人类，所以买主就不亲自来看画了，但是我把你的画给他送去以后，如果他不满意，我还是要回来换的。九州继续一脸迷惑地点头。

等我从包里拿出四沓人民币放在桌上时，九州忽然就明白过来了，我只需要看他的神情，就知道他已经明白了一切。他的表情蓦然醒悟、尴尬而又百感交集，他皱着眉毛望着那些钱，眼角微微颤动，他没有去碰它们，没有把它们扔进壁炉里，没有暴怒，没有屈辱，他什么都没有说，最后，他抬起头来哀伤地微笑看着我。

他的笑容让我觉得我是真的伤了他，我在说这个谎的时候告诉了他另一个致命的事实。

我无力地又重复说了一遍,我那个朋友确实是想收藏你的画。

九州用干涩的声音回答,是吗,那我们这就庆祝一下!

他极为迅速地找来起子,三两下撕开红酒的包装,将钩子深深地扎进木头塞子,用力向上起的时候,不知什么划破了他的手,血一下就涌出来。我手忙脚乱地四下找他的急救箱,他仿佛什么都没发生,兀自在往起子上使力,一声轻响,血溢到他的袖子上,木塞被拔出来了。他把一瓶红酒全部分倒在两个搪瓷缸子里,一个缸子递给我,另一个自己端起来与我的碰了一下,仰头就往喉咙里灌。

他喝去大半,忽然颓然坐下来,像狂暴风浪过去后蓦然的静止,只有手掌上的血还在滴答地往下淌。他脸色青白,沁着一头一身的汗,铁塔般的身躯矗在半明半暗的屋子里,仿佛一堆架起的木柴,轻轻一碰就会散碎不堪。

我从来没有看见他这么脆弱过,这情景让我害怕。我像个女人那样帮他包扎伤口,他一动不动任我摆布,良久他嘶哑地说,谢谢你,刘开。

他说完这句竟然轻轻笑了起来,他自嘲地指着桌上的钱说,不是谢你这个,刘开,是谢谢你还愿意来我这儿。我常常想,如果有一天,我给你打电话,我叫你陪我喝酒,你都不理我了该怎么办?我知道我对这个世界百无一用,我只会给你找麻烦,可是如果这个世界上没有了你,我就真的不知道该怎么办了。没有人能看见我,没有人知道我是谁,没有人愿意读我那些写满字的废纸片,看我的画。如果没有你,我就是根本不存在的。

直到那天我才确认,原来我真的是九州想象中的一个影子。令我惊讶的是,我一直以为我这个影子只是九州想象中的一个跟屁虫、一个附庸。其实不是。

在九州的心里,我竟然代表着他和这个世界唯一的联系,代表着这个世界回应他的总和。我更没有想到的是,原来他是如此依赖这个世界的,像个企望爱抚和奖赏的孩子,他的痛苦并不来自他破笼而去的力量。

我留下陪九州喝酒。

我说要陪他喝个通宵,像以前在黄浦江边那样。九州很高兴,他连声说要露一手弄些美味,他在棚子后面杀了两只鸡,在菜地边的水龙头下冲干净了血,掏空内脏,填入调料,然后用泥包裹了,钢钎穿着架在壁炉里烤熟。

那一夜鸡烤得香气四溢，小刀却始终没有进屋来到我们的脚前，甚至没有在门边看见它徘徊的黑影，这让我和九州的对饮有了些许遗憾。我想一定是我留在棚子边上的生牛肉已经让它吃饱了。夜半屋外狂风大作，千山万壑的奇异之声有如巨兽踏足而过，我们喝得酩酊大醉，就在堂屋相靠而眠，门被吹开了，在深黑的梦境中吱呀作响。

我被第一缕照进屋里的晨光惊醒。

坚硬的地面硌得我的背生疼冰凉。九州活动着四肢踉跄爬起来，他说他要去屋后面看看，昨晚这么大响动，别是风把棚子吹倒了，那样的话这两天就又没法洗澡了。我陪着他走出屋子，外面的地上一片狼藉，沿途走去，尽是断裂的树枝、碎瓦和不知从多远的地方刮来的塑料袋。

等转到屋后，眼前的情景让我们大吃一惊，在完好无损的棚子前，有谁用黑红的颜料在巨大的空地上画出了一整片凌乱遒劲的符咒。这不是颜料，是已经凝结的血，不止从一个活着的身体里流出的血，是它们最后的挣扎中留下的痕迹，蜿蜒成了一幅异常狰狞勃发的画面。可以想见它们的死亡是多么惊骇而迅速，剧烈的挣扎戛然而止，这曾经是一场多么暴烈的集体屠杀，杀戮者干得如此凶猛、疯狂、干净，冷静得像是预谋已久，又暴烈得像是忽然起意，也许用了十分钟都不到，也许更短，十几条性命就化为乌有。

我们在菜地里发现了一些还没被风吹远的鸡毛，伶仃地颤抖着，好像还在为昨夜的屠杀满怀惊恐。棚子的一个角落里堆着血肉羽毛的少许残渣，还有剩下的四只鸡的完整尸体。

好家伙！它可真帅！九州低声感叹道。

嘿，到底是我们的小刀啊，我们的狼！我兴奋地在棚子里转来转去，虽然残渣让我看得有些恶心。我们就像两个被洗劫一空的受害者，一边清点失去的财产，一边居然在为大奸大恶的强盗鼓掌叫好。

我问九州，小刀是真的走了吗？

九州研究着剩下的尸体说，应该是在夜里就走了，我料定它一口气吃不了这么多鸡，它一定是先吃干净了几只鸡，然后叼着几只鸡随身带走，连夜逃进了大山里，这四只是它带不下的。

我们又在棚子外转了一圈，把屋子里里外外找了个遍，九州试探地吆喝着，小刀，小刀？它果然踪迹全无。

我望着不远处连绵的山麓和深郁的林子，早晨浅金色的阳光推移着云和山峰的影子，树海在晨风中波浪起伏。昨夜浩瀚的黑夜的风声果然唤走了我们的小刀吗，如今它果真已经徜徉在山谷和荒野中，从此自由奔跑，不再为人的世界而痛苦了吗？

我不由得深深舒了一口气。

九州说，我去拿酒，我们必须要再庆祝一下！

我捶了他一拳道，你分明就是想找借口喝光我的酒，鸡都没了你拿什么给我下酒？

他哈哈大笑说，不是还有小刀吃剩的鸡吗？

他熟练地起出了木塞，我们就站在棚子边涂满血迹的地上，一起举起盛着红酒的搪瓷缸子。这天一大早，一个胖子和一个高个子，两个四十岁的中年人，为了一条重获自由的狼而面向大山举杯痛饮，我不会忘记这一刻的，像是少年时代的激情重临胸中。小刀走了，这才是真正值得庆祝的事情，这酒喝得比昨晚还尽兴。我们心里高兴就忍不住对着空旷的山麓喊了几嗓子，小刀——小刀——你是好样的。

我说，小刀，我祝福你，你以后要好好地照顾自己。

九州说，小刀，我就知道你是一条狼，你总算有出息了，这一走，你就天高地阔，不要再回来这个肮脏的地方了！

九州的喊声忽然哽在了他的喉咙里，笑容冻结在视线的某个地方。

我顺着他的目光望去,就在五百米外的山麓脚下,有一个灰点正在慢慢出现,向我们这儿移动,渐渐变大,很快我们就能看见窄长的身体轮廓,竖起的耳朵,缓步向前的四足和垂在身后的粗尾巴。它正走在回来的路上,没有试探,没有犹疑,坚定而匀速地面向我们走来。

它走得很慢,阳光从背后照亮了它的皮毛,像是为它的来路画上了天使般的光晕,我看不清它的脸,完全是背光的,它面向长长的影子走来,像是走进了一种巨大而平静的悲哀。

我不知道它经历了怎样的夜晚,当它咬死了所有的鸡,逃进丛林,又被曙光召唤决定踏上返回这栋屋子的路。我只看见在这个早晨,它的身上没有了躁动和自我搏斗的煎熬,它的脚步比任何时候都安然,仿佛已然知道自己该去往何处。一转眼之间,它已经走到了距离我们一百米的近前。

九州扔下搪瓷缸子,碎片四溅,红酒泼了一地,与黑血的痕迹混在一处。他转身就往屋里去。几分钟之后,他提着土枪走了出来,上了子弹,端起来对着小刀瞄准。

他开了一枪,惊天动地的一声响,子弹在小刀的脚前半米的地方掀起了一缕烟尘。小刀停住脚步,在黑影中仰起它的脸，呜呜地低吠了一声，似乎是在恳求或询问九州。九州面无表情，又装了一颗子弹，继续瞄准。小刀的耳朵随着装弹的声音耸动了一下，它没有掉头跑开，只是停顿了半晌，然后又迈开脚步，缓慢而悲伤地继续向我们靠近。

又一颗子弹擦着它前腿边爆裂开，小刀还是没有停下，阳光在背后推拥着它，它背负着光芒向黑暗而来，像是入魔般地追逐着自己的噩梦。九州棱角瘦削的脸异常严峻，我可以清楚地看见他已经泪流满面，他又装进了一颗子弹，郑重地再次端起枪，瞄准的时候，他的手在剧烈地颤抖。我没有阻拦他。

这一声并不怎么响，小刀应声倒下了。它的额头上有了一个洞，正在它紧蹙的眉眼之间，血缓缓流了下来，渗入广袤的大地。

午后的时候，小刀的头枕在愈发葱茏的青草上，全身的皮毛都给阳光照亮了，它就像陷入了一场真正安详的睡梦中，瘦削而哀愁的脸庞周围野花环绕。两只山雀拖着蓝色的尾翼飞来，轻轻落在它的背上，把这当成了草地上温暖的岛屿。它们交头接耳地热恋了一番，拍拍翅膀，飞进了不远处幽深无垠的群山中。

蓝湖庄园历险记

二〇一四年夏季，我没有死在蓝湖庄园。

没错，这是丹麦。只是与哥本哈根没有半毛钱关系。形容这个西部旷野森林地貌中的写作基地与东部大城市的相对地理位置，就相当于中国的内蒙古之于上海，还不是在内蒙古的首府，而是离开锡盟二十公里之外草原荒地上的一个蒙古包。欧洲大部分基金会的首脑们认为，如果你抡起手臂，像投球那样，把一个作家投到足够远的地方，远到连落地的声音也听不见，那么这个作家的灵感就会从同样神秘的远方反弹回来，像是降神会似的。

我不想赘述下了飞机之后，我究竟怎样倒了两次火车、一次汽车，花费十一个小时终于奇迹般地找到了各国作家的会合地点。只想说，深夜里终于搭上文学中心主任的车，驶入庄园的时候，望见荒原中孤零零这一座极尽奢华的大房子，同车的作家都齐刷刷发出一声叹息。

庄园竣工于一七九八年，庄园里的很多部件更古老，像是油画、吊灯、陶瓷壁炉和铸铁壁炉什么的，仿佛一声号令，它们就从老远的地方汇聚过来拼凑出这一份思古幽情。十六世纪到十八世纪国王们的油画肖像一排排挂在雨伞间里、楼梯转角的走廊上，王后和公主的肖像则挂在厨房大钟的左右两侧。

建筑宏伟对称，连百米之外的守林人小屋也是左右各一。硕大无朋的草坪与花园修建得一丝不苟，中央镶嵌着装饰性的池塘，以橡树为篱，与远处的蓝湖与森林融为一体，仿佛天地间这整片美景都是庄园的花匠一手捯饬出来的后花园。

这是丹麦年度文学项目的写作基地，是年由于经费限制，评审会在全球只小小挑选了四名作家。任务照例包括三项：讲授创意写作课程、主持工作坊、朗读。我们戏称为"白居易三项"，因为只要完成这些，在一个月剩余的大把时间里，我们就可以享受免费住宿和学者奖金，在美轮美奂的环境中写写写。

文学中心主任彼得是丹麦人，将近六十岁，斯堪的纳维亚人普遍的金发，圆满高大的身子，中规中矩的长相，庄严的微笑和标准的英语，有一副竞选美国总统的气派。

他第一时间宣布安全须知。庄园附近有狼。据说数年前曾经袭击了庄园后的牧场，四只肥羊被咬断喉管致死。此后就是去年春天，两头牛和五头羊的尸体，每天发现一具，连续七天，惊动了国家旷野安全管理委员会。等派出警力过来支援，狼却遁形不见。

这次入选的作家中有一名是匈牙利小说家，欧文，戴着熊猫框的眼镜，是一位爱担心的胖大叔。他已经在手机上搜索出相关新闻，悄声告诉大家，去年命案发生后，丹麦的安全管理委员会还特地做了DNA测试，报告显示尸体上总共发现了十一头狼的DNA，这可是整整一个狼群啊。

彼得主任接着告诫大家，切勿被湖边草丛中的扁虱咬到，这种扁虱传染某种疾病，被感染的人只有一周性命，送去哪家医院救治都没用。欧文大叔又把手机屏幕凑近我们眼前，他查到了这种扁虱的学名叫作蜱，这种疾病的正经英语学名叫作森林性脑炎（Forest Encephalitis），也不至于百分百丢掉性命，极少数幸存者的后遗症以瘫痪为主。

我问欧文大叔："您这匈牙利手机流量在丹麦算漫游吗？"

他点头:"可贵了,按每个字节算的。"

"在匈牙利写小说挺挣钱的吧?"

他郑重地凝视我说:"再贵的流量也没有命值钱啊,你说是吧?"

半夜里他沿着走廊敲门,把我们三个依次叫醒,给我们看他最新的手机搜索结果:居然被他搜到几个帖子,对各国写作基地评点打分。点开其中一个,滚动向下,赫然有一段介绍,"蓝湖庄园,全世界死亡率最高的写作基地,历年驻地作家死亡率已高达96%"。

一开始我们谁都没相信这回事,除了欧文。欧文打算至少去打一针森林性脑炎的疫苗,那得找正经医院,就必须倒两次火车去一趟哥本哈根,单程十一个小时。他纠结一番之后,认为路程可以接受,但是问过主任太太才知道,专科医院需要全科医生的转诊单,还得排队,大约两个月。那时候文学项目早就结束了。

欧文尽可能大门不出二门不迈,除了买菜。要是没有食物,无疑会死得更快。为了防扁虱,夏日炎炎,他出门必穿高筒靴和厚实的长裤,还戴上手套。但是有一天从超市归来,在厨房洗菜的时候,他还是发现手腕处多了一个红点。

他看着这个红点笑了起来:"如果有人告诉你,他每年去医院体检五次以上，吃有机食品，定期运动，毕生身体力行一切对延年益寿有帮助的努力，最后提早丢掉性命，只是因为手套短了两英寸，这是不是很好笑？"

欧文大叔开始剧烈地头疼，在客厅里捧着脑袋向我们展示他的痛苦。他还间歇咳嗽，据说是森林性脑炎的并发症。主任太太慈母般的面貌，开车两个小时送他去最近的小镇维堡找乡村全科医生。据欧文的描述，那就是个医务室，医生看病靠相面，连个听诊器都没有。

医生诅咒发誓欧文不是森林性脑炎，对他的诸多症状又无法解释。欧文一周七天反复找他"相面"。最后医生问他："你是不是谷歌过森林性脑炎的资料了？"

毋庸置疑，欧文的手机流量估计已经把这一趟的学者奖金全部用完了。

医生委婉地表示，有一种病人，每次给他们开药，他们必定仔细研读药品的说明书，随后不由自主地把药品所有的副作用完美地表现出来。这番对话是主任太太转述的，我们三个人心领神会地交换了理解的目光，九成作家都有抑郁症，疑病症是抑郁的招牌表现形式之一，这位医生还挺了解我们。

听说欧文最后还问医生:"我有重度抑郁症,您看这一回如果我没有死于森林性脑炎,我会不会死于自杀?"

医生诚恳地答道:"我还没见过比您更惜命的呢,先生。"

无论如何,欧文大叔还是笃信他得了绝症。他在手机上查到,某些感染了森林性脑炎的患者会有一段潜伏期。但是他决定不再去医院浪费仅剩的光阴,他要尽快开始和完成他的终极巨著。我问他那会是怎样的一个故事。他强调那将与他以前写过的所有故事都不一样。

"一种必然留存下来的光辉。"他答道。这个故事必须有这样的光辉。

瑟芙瑞雅来自克罗地亚,水晶人儿一般的老太太,皮肤雪白,银发细鬈,永远鼓起两颊堆出优雅的微笑,同时努力瞪大浅蓝色的眼睛。据说她是克罗地亚国宝级女诗人。

她特别讨厌另一名国际作家,来自美国波士顿的年轻小说家,辛迪。这姑娘大骨架,小个子,高颧骨,瘦削得很,加上昂首挺胸的姿势,这让她看上去像个英雄雕像似的。

可是她们不得不在一起。

庄园离最近的小卖部两公里，有香烟、过期的牛奶、一大堆赠券和醉得总是忘记开门的老板。如果想要正经的食物，得去六公里之外唯一的食品超市背回来。一张没有路名，只有原始森林和牛羊牧场标志的地图是我们去超市的圣经。每次步行来回整整四个小时，这不得不让人充分怀疑六公里只是地图上直线距离的数字。据说狼只攻击单身行路的人，即便十一头狼成群出现，面对三四个人也还是有所忌惮的。所以我们必须同路去超市。

瑟芙瑞雅大妈不喜欢辛迪的原因之一，是她认为克罗地亚是受了美国所谓民主政治的蛊惑，才从联邦共和国中独立出来，丢掉了原来的社会主义制度。原本以为资本主义民主制度会让他们过得更富裕，结果整个国家陷入争抢资源的一场混乱中，政客瓜分国家财富，廉价卖给外国商人，捞够之后移民海外，新的一批政客又开始张罗倒卖剩下的。平民失业，物价上涨，日子过得越来越穷。每当瑟芙瑞雅说起这些，欧文大叔总是频频附和，抱怨匈牙利的民主之路基本上也就是这么回事。

当然，更真实的原因，我觉得应该是她嫉妒辛迪的逆袭。辛迪年轻，书卖得比她多，而且短短几年前，辛迪还是一名全职的餐厅女招待，连半页纸的手稿都没写过。

走在石楠开遍的荒原上,瑟芙瑞雅故意与辛迪攀谈:"话说在美国的餐厅里,你们一般要问客人收多少小费?账单的百分之十还是十五来着?"

"事实上,是百分之二十。"辛迪专业地回答。

"啧啧,这份工作真不错,你怎么舍得放弃呢?"瑟芙瑞雅摇头。

"本来是不舍得,后来发现作家这个工种也不错,虽然每个小时赚得和女招待差不多,好在卖力气的时间和地点比较灵活机动。"辛迪昂着下巴,向瑟芙瑞雅露出一副正经八百的笑容,就像一个女招待在和一名女厨子交流薪酬待遇。

瑟芙瑞雅一跺脚,绕到我身边来,随后恰好踢到了草丛中的白骨。这是三截还缀连在一起的踝骨,肉啃得干干净净。看上去像一条髋骨上的腿,关节光亮雪白,骨头最细那端还残留着黄褐色的皮毛,像是羊蹄部分。

辛迪凑近前去,果断地评论道:"根据我多年在餐厅收拾残羹剩饭的经验,我可以负责任地说,这肯定不是孩子野餐扔在这儿的骨头,谁会带着皮毛吃羊腿呢?除了狼!"

看到这些骨头以后,辛迪回去就找彼得主任求证

"96%死亡率"的说法。主任召集我们全体去参观图书馆。地板响得撕心裂肺，两面墙上挂满镜框，据说都是来这里参加过文学项目的作家们。旧式猎装，宽领西服，法兰绒外套，条纹衬衣，披头士年代的发型，裹脖围巾，和犀牛的合影，拿着烟斗，在打字机上工作，围着方桌喝啤酒，往壁炉的火焰里投掷手稿。照片褪色变黄，有的最终化作淡黄色的一片烟雾，就像是桌布上没洗干净的汤渍。其中一张据说是诺贝尔奖得主和女皇遇见在庄园的走廊里，面孔模糊了，不过女皇优雅昂首，作家卑躬屈膝的身影还是清晰可辨。

当代的照片就比较齐整，大部分是宝丽来正面标准照，以庄园的主楼和花园为背景，注明着年月日。主任随手指着这些照片介绍道，这位是意外滚下楼梯死的——我承认庄园的楼梯设计得不太合理；这位心脏病发，还很年轻呢，如果不是跟人打赌说是能游到湖对岸；这位死于一只钢笔套，他有衔着笔套写作的习惯，某天不小心吞下去噎死了；这位就是被扁虱咬过之后死的，第一天就跟你们说过，一定要小心扁虱……

这整片宝丽来中，只有一张是侧影，某位老先生正在往墙上钉这些镜框。他的容貌比这些照片上的作家都老得多。他自然也是死了，被玩滑板的孩子撞死的。

辛迪原来是拿着一个笔记本，像敬业的女招待站在客人身侧记录菜名，她记录的是每一种死因。后来终于收起钢笔总结道："这可真邪门！这么多死法，防不胜防，不记也罢。"

辛迪是四人中最勤奋的。据说她是带着第四部小说的截稿日期来到写作基地的。每天凌晨五点，我们就能听见敲击键盘的疯狂声响从她房间传来。难得她居然有空拉着我去湖边吐槽。她说起她曾见过的最漂亮的死法，是一位九十二岁的短篇小说女作家，满头银发，盛装礼服去参加一个朗读活动，朗读开始前，主持人还在介绍她的新作，她坐在讲台中央那张华丽的椅子里，头朝后轻轻一仰，就这么死了，死在坐等她朗读的一房间读者面前。脚上还穿着金色的高跟鞋呢。

也有人一心想要死得漂亮，偏不能如愿。像是那位诺贝尔提名过的老爷子，癌症晚期去瑞士最高级的疗养院等死，特地订做了紫色的缎子床单，结果坐在马桶上心脏病猝死，连裤子都没来得及提上来。

辛迪表示她特别讨厌无法控制的事情，但是在这个世界上，不能控制的除了死，第二桩就是写作。她是一名自信的餐厅女招待，明确地知道如何巧妙地讨好客人，才能让他们留下比平日更多的小费。"其实撇开自娱自乐，写作和餐厅服务还不是一回事？要以此谋生，你就得懂得如何讨好读者，或者讨好评论家，不是吗？"然而在这方面，谁都没有十足的把握。辛迪的出版商只会对她说，千万不要忘记第一部小说意外成功的那种写作感觉，题材和文笔无论如何都不要过多偏离第一部。

天可怜见，她胡乱涂写的处女作写的是她祖父，一名还俗的美国乡间神甫。她没有第二个祖父，如今她已经写到第四部。我们每天听见的敲字声并没有产生累积的页码，她只是在写了删、删了写的过程中焦虑徘徊。

"作家这工作，挣得不多还穷操心，真没意思。如果能活着回去，老娘继续做我的女招待。说什么我将来有希望被写入美国文学史，都是不靠谱的事情，比死还不靠谱！"辛迪扔下这番话以后，她房间里的键盘声就从此再没有响过。如此反常的变化让瑟芙瑞雅终于也感受到了死神的逼近。我猜测她是在凌晨五点出奇的安静中忍耐了一个小时，随后在六点敲响我的房门。

一般来说，年龄越老，反而越不容易相信自己会死，他们总是错觉死亡会绕过自己，既然他们已经幸存了这么多年。于是一旦感受到真实的危险,他们的恐惧更深。

"我不能死!"瑟芙瑞雅大妈的声音尖厉颤抖,"我要是现在死了,我就成了一个真正的恶人。"

下半句她压低了声音,仿佛不想让更多人听到这个秘密。克罗地亚经济滑坡,读者日少,多年前便没有出版商愿意出版瑟芙瑞雅的诗集,虽说每个人都承认她的诗作是一流的。她听说有国家经费支持图书出版,仅供出版商申请,她就注册了一家极小型出版社,只为了出版自己的诗集。经费是申请到了,她没算到出版社营运的苛捐杂税远高于这些经费。唯一让她感觉良好的是,那些和她一样没有出版商眷顾的作家都来求她出书。

"那都是些不入流的老作家或者无知的新人,他们的作品完全没有留存于世的丁点儿价值。"她急切地向我声明。她假装审阅这些书稿,写信给他们,通知他们来签署出版合同,只要他们愿意补贴那么一丁点儿出版经费。钱进了账户,她就再次通知他们,由于克罗地亚出版市场不断下滑,出版社决定暂时推迟这本书的出版计划。

打官司没用。但凡作家都好面子,自掏腰包的出版补贴断不会写在合同里。他们也不可能再转投其他出版商，书的版权已经签给了瑟芙瑞雅，按照瑟芙瑞雅的说法，这就避免了大批乱七八糟的新书充斥有限的图书市场，干扰她诗集出版的光华。

凭着这种源源不断的"补贴"，瑟芙瑞雅在乱世中过着雅致的生活，以豢养她娇贵的灵感，出版她每年写下的最新诗行。她坚信时间会慢慢证明，她这是在用一种忍辱负重的方法保卫克罗地亚最珍贵的文化宝藏之一，并且假以时日，所有曾经怨恨她的作家们也将匍匐在她的诗句前，承认供养这样的传世杰作才是他们文学理想中最有价值的选择。

然而问题在于，如果她在这个月就匆匆忙忙死去，她还没来得及写出"永恒的诗句"呢。

"所有人都会在我的坟墓上吐唾沫的是吗？只差这几行最好的诗，我的墓志铭就会从一名毕生为文学奉献的圣人变成一个从作家们身上吸血享乐的奸商是吗？"

鉴于她当时的情绪过于激动，我觉得这不是明辨是非的好时机，劝慰她才是当务之急。于是我柔声相劝："这不是还有4%的幸存率吗？我们中间总有人可以活下来的。如果您真的这么有把握写出最永恒的诗句，我愿意把这4%的名额让给您，让您优先活下去，您看怎么样？"我们的谈话终于在她肩膀的颤抖渐渐平息后告一段落。

"不，不要让给我。这样责任太重了，如果我写不出永恒的诗句怎么办？如果我的才华并不如我想象中那么独一无二怎么办？我真累，我倒是宁愿去死。"这是她在啜泣中说的最后一句话。

工作坊和图书节结束的最后一天，也是丹麦年度文学项目的最后一天，我们四个人居然都活着。欧文大叔在堆满烤猪腿和核桃蛋糕的宴席桌边告诉我，他已经完成了"终极巨著"的前三章，一个月爬满一百页的格子，效率惊人。他的表情看上去却并不高兴。他已经把这些文字打印出来，从头到尾读了十几遍。

"老实说，从一个读者的角度来看，写得有点矫情。不，是相当矫揉造作！"他不情不愿地评价道。这显然是一趟彻底失败的尝试。震惊过后，这么多年他第一回对自己的专业素养产生了怀疑。他略带害羞和胆怯地想起他先前的小说，长篇七部，短篇集四部，都是少年成长题材，描绘匈牙利八十年代前后的社会现实，那些他在写"终极巨著"时立志要与之划清界限的作品。

他再次用昂贵的漫游流量上网，找到亚马逊，购买了自己的电子书。正如他所忧虑的，这些小说虽没有矫揉之气，却麻木粗陋。重读这些小说，他几乎不敢相信大半生就耗在编写这些无聊的故事里，还以为自己是攀上了一座座高峰。

听他说罢，我知道他已经完蛋了，这辈子毁了。丹麦这片地貌有不少蚁丘，我们去超市的路上常能看见，有的拱起在深草丛中，有的高过树木。表面看上去只是平常的土堆，内里极其精巧庞大，由蚂蚁们从四处搜集叶草树枝、木石煤炭等各种材料，有条不紊地搭建出繁复的洞穴和桥梁通道。

每个写了多年的作家都有自己的蚁丘，不同的是，建起整个蚁丘的是单独一只蚂蚁。我们沉默着，幽居着，日以继夜修筑各自的王国，以自己对于这个世界的理解，构建出自己的哲学，年复一年，日益完整庞大，并且依然在不停扩建。那些交给出版商的书稿，那些关于我们蚁丘之外人世间的描绘，是蚁丘的投影。如果有一天，一个作家连自己的世界都不相信了，那是致命的。那意味着他既不能藏身蚁丘，也无法融入外界，他的精神将无处容身。他也将不能再写出任何不让自己讪笑的文字。

翌日早晨行李打包完毕，送我们离开的车辆已停在庄园大门外。彼得主任招呼我们依次到房子后面拍照。瑟芙瑞雅被推到砖墙边，背靠着墙，主任冲着她端起宝丽来相机，咔嚓一声按下去，瑟芙瑞雅哆嗦了一下。

透过厨房的窗户看着这一幕,我对辛迪说:"这可真像死刑执行啊。"

"枪决。"辛迪准确地补充道,到底是英语母语国家的。

最后轮到我。我也背靠砖墙站好,看着相机黑洞洞的镜头正对着我。这时候我有一种恍然大悟的感觉。我问彼得主任:"这些照片都是每个作家临走前拍的吗?"

"没错,然后贴到照片墙上,"彼得的脸上依然挂着竞选总统般的妥帖笑容,"特此告知您,您对于这笔学者奖金的义务还包括最后一项:在您将来辞世后,务必请您的家人发一份讣告到鄙文学中心的官方邮箱里。"

我知道96%的数据是从何而来的了。这座房子从十八世纪开始陆续接待驻地作家,迄今两百多年。没错,地球诚然是死亡率最高的星球。我们都被彼得主任庄严的外表蒙骗了。

"你也写了什么终极巨著了吗?"彼得问我。

"我写了遗嘱……你们丹麦人真会玩!"后半句我都快说哭了。

离开蓝湖庄园后,我在哥本哈根小住了一阵,流连忘返于托尔瓦德森博物馆和丹麦国家艺术博物馆。后来又去过位于瑞典哥特兰岛、爱尔兰蒙纳汉湖区、意大利巴尔多内齐亚山区、拉脱维亚文斯皮尔斯海边的写作基地，住过各种各样的房子，但是我从未忘记蓝湖庄园。

我无法忘记为了食物往返超市，在荒原中四个小时的步行。每隔两三天不得不重新走一遍这段路。当时觉得这是疲劳而危险的苦役，如今回想起来，离开矫饰的房子和国王们的注视，这才是最奢侈的行为。

曾经我们四个人一同穿过幽暗庞大的森林，听雨点敲打几千层树冠之外的世界。我们绕过雾气升腾的林中深潭，翠鸟凝神，迈过青苔紧拥的老根荒枝，树莓在浓叶丛中晶莹绽放。我们登上山坡，蓝湖从天际铺展到大地，像世间最昂贵的珠宝般闪耀着莫测的光泽。我们望见白天鹅独自在梦境般的湖面上游弋，无声地划出一道比世界更广阔的弧度。远方湖对岸庞大的山毛榉有如孤岛，凌空停着数百只燕子，它们忽然同时离开枝头，在镜子般的天空中舞成一片万朵落花般的云。

在这个奇妙宏伟的世界面前，我们默然无语，脚步虚浮，神思飘荡，悲喜混合成一种毫无差别的情绪。有一刻，从彼此的神情中，我们都看见了各自内心对自己的讪笑。万物精致优雅如斯，与之相比，人类是多么笨拙的生物啊。有着丑陋的躯体，愚蠢的行为。我们这些所谓的作家却孜孜以求描述其细致百态，以求得与永恒的哪怕一丝一毫的联系。这难道不是比人类空泛的生活本身更为空泛的人生吗？

离开蓝湖庄园后六个月，我辗转听闻，瑟芙瑞雅服毒自杀了。

人可以有多孤独

六年后回到瑞典的哥特兰岛，文学中心的那栋房子今非昔比。当初那一双一见钟情的作家早已离开了，还记得他们的存在点亮了整栋房子的六月，他们在大树下拥吻，在房子后面的森林里晨跑，在厨房里一起做晚餐，在海边紧紧相拥眺望永不熄灭的夕阳，在教堂的废墟中毫无目的地彻夜漫步，在六月的白夜里，他们闪闪发光。

　　尽管那只是一个幻觉。

　　来自英国的男作家有一张和科林·菲尔斯很相似的脸。挪威的女诗人身材纤小，暗金色的齐耳短发像缎子一样。一年以后，这位挪威姑娘生了个漂亮的男孩，脸书上和她共结连理的男士是个陌生人。

　　今夏的这栋房子里黯淡无光，陈设一点没变，只是这里来来往往都是孤独的人。这才是所有文学中心真正的样子吧。

一个人的时候,我喜欢一边做饭一边吃,站在电磁炉餐台边直接吃完了事,省得坐下来矫情地摆弄刀叉酒杯,还得多洗好几个盘子。我正吃着的时候,就有个金发碧眼的男青年端坐在餐桌上,面前什么食物都没有,只有一份报纸,他也不看报纸,满脸兴致盎然地观察我咀嚼的全过程。

他叫埃里克,是芬兰作家。应该非常年轻吧,浅金色的头发照耀着厨房背阴的那一半。厨房很大,住在房子里的作家们随时都可以用。然而埃里克坐在那个位置已经很多天了,每天晚餐时间自己不吃饭,光看别人吃饭,乐在其中的样子。

"你这么看着我吃饭,我不太舒服。"我没好气地说。

"噢,对不起。"他假装把头埋进报纸里,过一小会儿又偷偷挑起眉毛来看。

我严肃地指出:"我理解看着别人吃饭是一件有趣的事,比如说我们养宠物,就喜欢看着它们在盆子里吃吃吃。但是请注意,我不是你养的小猫或是小狗。"

他叹息:"我就这么点小小的爱好!"接着他又试图跟我聊天,他是这厨房里的"聊天男神",连同母语在内总共会十一种语言，成天缠着人用不同的语言交谈。途经此地的各国作家都可以证明，他的任何一种语言都讲得神乎其神，发音和用词无可挑剔，听力也是一流。然而没人喜欢跟他说话，来这里的作家大多数偏爱一个人静静。

我也是。

我抗议道："你们芬兰人不是很内向的吗？"芬兰公交站上，每个人之间的距离不少于两米。电梯里只要有一个人进去了，另一个人肯定自觉地选择爬楼梯。

埃里克哈哈大笑："我是个变异。"

瑞典女作家古妮拉就特别不喜欢搭理他。古妮拉五十几岁了，一直单身，有极为自律的生活节奏，勤勉严肃寡言。不过她倒是挺愿意跟我说话的，这让我即便对此有点心烦，也不得不接受这份荣幸。

这天晚上，古妮拉肿着一双眼睛，像是哭过了似的。她把我拉到摆满罗勒和百里香盆栽的窗口，背对着窗外海平面上的教堂剪影，压低着声音告诉我今天清晨的倒霉事。

古妮拉有个千年不变的习惯，清晨五点半起床，六点吃早餐，六点半去海边游泳，在波罗的海这个时刻冰镇一般的水里欣赏朝阳熹微。今天当她走上通往海水深处的栈桥，还没脱下外套，就看到栈桥尽头站着个男人。男人朝她走过来,毫不避讳地脱掉浴袍,里面一丝不挂。

"太恶心了,这么美好的早晨变成了一个噩梦。"古妮拉捂住脸。

"他肯定是个疯子。"我把她揽在怀里使劲抱了抱,她的肩膀硬得不像个女人。

"我再也不会早上去游泳了。"她哽咽了。

"他不会每天在那里的。"

"谁知道呢?总之我不能再去游泳了,但是——如果我早上不去游泳,我的一天该怎么开始呢?我接下来的日子该怎么过?"

我想起有一位国内的女性朋友,深夜回家,坐电梯上楼,电梯门打开的一刹那,她看到几个农民工坐在楼道里喝啤酒打扑克,她立刻按了关门键,乘着电梯下楼,在京城霓虹不灭的街道上走了整整一个通宵,直到天亮才返回自己的住所,吃下安眠药,躺倒昏睡到夜幕再次降临,醒来后裹着被子坐在大床的一角,觉得身心俱疲。

我对古妮拉说:"明天早上六点半,我在厨房等你,陪你一起去游泳。"

话说出口,我就挺后悔的。她是百灵鸟生物钟,我是猫头鹰,六点半对我而言还是睡眠上半场。再说我从没试过一早就参加社交——让另一个人类扰乱大清早我的心神，接下来的一整天我该怎么过？

"明天六点半，我也一起去。"埃里克又偷听到了。

我还是第一次见识六点半的哥特兰岛，厨房周围的大海与森林深处有几千只鸟儿在不同的方位歌唱，那声音有如夏天午后的蝉鸣振聋发聩。日出的时间早就过了，晨光与黑暗的战斗却并不顺利，看上去好像是幽暗的天边裂开了一条口子似的。我喝了一小杯古妮拉煮的咖啡，觉得大脑清醒的部分也像是在混沌中裂开了一条口子。

埃里克的情形并不比我好多少。他裹着个睡袋似的厚大衣，四肢缩在里面，还强作活力四射，蹦蹦跳跳的。我则套在长羽绒服里，幻想自己仍身在被子里，只有灵魂在梦里顶风步行，参加这一场怪异的清晨聚会。

我们三个人一言不发沿着一段兴建于十六世纪的古城墙往前走，走出残破的城门，经过一座曾用作麻风病院的废弃教堂，穿过漫长的森林步道，追随着海面的光芒，直到又沿着海边走了半个小时，古妮拉终于止步在一处僻静的海滩前。我和埃里克都松了一口气，看着她走上栈桥，脱掉外衣，露出一身惨白的肌肉，高高兴兴地跳进了海水里，整个过程中并没有其他危险人物的出现。

打开手机,天气软件显示,此刻是九摄氏度,海水温度估计还不足五度,这就是北欧的八月。不争气的苹果手机害怕低温,被海风吹着就忽然死机了,我裹紧羽绒服,把手机也捂到口袋里,就听埃里克说:"我给你拍张照吧?"

"为什么?不要。"我警惕地瞪着他。

他讪讪地说:"……难得一大早到这里,留个念,大家不都喜欢这样吗?"

"那我给你拍……"我尴尬地掏手机,手机还没焐热,不知道复活了没。

"不要。"他倒退几步。

瞬间我们就不再相互说话了,知晓彼此是同类之后,说话已经没有必要。

如果要在人群中划一道线,线那边是"大家",线这边就是不爱拍照的人,我们这些人自觉有如陌生人途经这个世界,最好是不留下一丝痕迹,仿佛我们从未来过。但愿我们从未来过。

古妮拉从大海里重新爬上栈桥的时候,并没有像大多数人那样客套一句:"哎呀,你们怎么不游泳呀?"这是她可爱的地方。她看上去神清气爽,脸蛋红扑扑的,一边穿衣服,一边嚅嗫着跟我们解释,按照她的习惯，晨泳之后，她要坐在海滩上做半小时的冥想，在此期间，她希望是一个人，周围没有人干扰。

这么快就卸磨杀驴了。

埃里克如蒙大赦，欢快地答道："好哇，那我回去补觉了，回见哈。"他居然没问我要不要一起走回去。

对于我这个拒绝障碍症患者而言，最轻松的莫过于和他们相处，完全不用我来说"不"。我顿时周身轻快，说声"再见"，就脚步如飞地离开这个让我神经紧张的临时社交场所，去往另一处更为人迹罕至的海滩，享受一个人难得的海边晨光。

此时阳光渐盛，海水的颜色却变得更加深暗，有如黑夜里的蓝宝石一般光泽难测，这是北欧大海特有的颜色。我的眼睛沉浸于这样的色泽中，耳中听着波澜安详的节奏，几乎要在漫步中入定了。

这是小城辖区内最开阔的一处海域，几乎是地图上的边界。大海在我这一个人类面前展露了超过270度的视野，我的四周被海鸟环绕，它们此刻都很寂静，每一只鸟各自站在一块海水中央单独的礁石上，互相不说话，歪着脑袋在冥想。有几只成年海鸥翅膀非常狭长，它们背对着我，在脖颈上方合拢翅膀，白色长外套，橘红色的袜子，看上去活生生像几个身材瘦削的人类站在海边埋头沉思。

我站在这一片奇境中,蹑手蹑脚走上栈桥,向着大海深处走去,蓝宝石在我脚下安静如斯,璀璨发光。

栈桥的起点是金黄色的沙滩与玫瑰红绿相间的植被,直通入海,长度大约有一百米左右,二人并行的宽度,全程凌空于海面上,尽头是一条板凳与一架入水的游泳梯,连接着无穷无尽的深色海域。

正当我走出八十米左右的时候,海水仿佛瞬间苏醒了,仿佛它看见我的到来,蓦然起身张开双臂拥我入怀,前后仅几秒钟的时间,巨浪从海天交界的远方从容地推涌而来,化作无边无际的惊涛骇浪,与整个世界一同放声呼喊,大自然久久沸腾不息。我忍不住也张开双臂,长长地呼应了一声,忍不住大笑起来。

忽然很想告诉谁此刻的心情,摸了摸口袋里的手机,觉得没有人会懂。

于是一个人笑着自己,欢喜地走向栈桥的更远处。一排海浪迎面而来,给我来了个淋浴,用袖子擦头发流下的海水,坐在板凳上,望着合抱着我的这片海,辽阔如斯,优美而性情。海风里,衣服很快就干透了。

夜里我一个人在卧室里打坐的时候,正好能望见底楼厨房的一间窗户,将近十点,古妮拉刚开始着手烹饪她这一天的正餐,备菜,切块切丝,在砧板与盘子里分成一堆堆,有条不紊。

她走得和钟一样准。我懂得,这种严格的习惯往往更有效率地替代了一个生活伴侣。在生命的河流中漂浮,总需要有一个锚,以免我们被不可控制的情绪冲走,生活伴侣可以是这个锚,自律的生活程序也是一样的,且变数更小。我们不会有别的干扰和敌人,我们只有一个敌人,那就是自己。

用毕晚餐,古妮拉从桌上拿起一张纸,仔细读过之后,在上面写了两个字,随后将这张纸端正地贴到冰箱门上,用磁铁小心地固定好了。

一个钟头之后,我觉得我可能需要一点尼古丁,裹上羽绒外衣,我下楼穿过走道去厨房。我的口含烟草存在冰箱里。

冰箱门上贴着的那张纸上写着:

桑拿派对,周五。晚上七点半到九点,女性。九点半到十一点,男性。请填写您的出席信息:您的姓名,肯定来、可能来或者肯定不来。自己带上点冰啤酒啥的别忘了。

通知下方的署名毋庸置疑又是埃里克,他这么爱热闹,他写的书真的能读吗?

我在那张纸上找到了古妮拉的签名,她写的是"可能来"。

事实上,所有人写的都是"可能来"。

唯独一个人写着"肯定不来",签名是安娜斯塔西娅。

安娜斯塔西娅来自俄国,记者,纪实文学作家,年轻得像一杯烈酒。她总是一个人桑拿。房子的地下室有阔气的洗衣间和桑拿房,有几个夜里我拾级而下去取烘干的衣裳,要是看见安娜斯塔西娅的红衬衫挂在晾衣房里,就知道她又在桑拿房里了。

那个桑拿房需要预先开一个小时才能达到理想温度,从节能角度而言,一个人桑拿显然是对地球有害的,不过谁喜欢和另一个人裸裎相对呢?尤其还得在内间的桑拿房和外间的冷水淋浴之间不停地走来走去,到底是围着毛巾还是不围着呢,各种尴尬。尤其明明是异性恋者,偏偏要面对裸体的同性。

我尝试过一个人桑拿,然而,我不行。这令我莫名地佩服安娜斯塔西娅。

谁都不会想到,在这里独自桑拿,其所需的心理承受能力大过一个人做任何事。

北欧的桑拿温度实在太高,根本调不低,把门一关就跟进烤箱没太大差别,往木炭上浇水比往煮沸的油锅里倒冰块的反应还大,一两分钟后我就觉得皮肤都脆了,肌肉里还没能感到暖意,等肌肉都能闻到烤肉香了,骨头里还是冰凉的。

这种环境比一个人烧炭自杀恐怖多了，因为你永远不知道自己会死得多惨。比如说，发现毛巾忘记在冷水淋浴间，那你就等着被活生生烤熟吧。那扇木门太烫了，手上不裹着毛巾根本触碰不了，推门有如去摸铁板烧，感觉立刻会被烫得骨肉分离，这门怎么推得开？

最糟糕的是，谁也不会把衣服带进桑拿房里是吧？谁也不会事先准备好要去死在桑拿房里。同理，近年来我一直想改掉裸睡的习惯，就是担心死后被陌生人发现的尴尬。不过也许烤熟之后也就没有这份尴尬了，毕竟没有人笑话过烤鸭是裸体的，人们懂得欣赏它们的皮色与口感。

据说安娜斯塔西娅每天一个人做一次桑拿，她没有因此患上幽闭恐惧症，恰恰相反，她爱上了独自享用整个密闭无人的桑拿房，这已经成为她旅居此地的最大乐趣。记得有一次波兰的两名作家即将回国，亲手做了苹果派，买了卡尔瓦多斯酒。大家坐在厨房里喝着喝着，安娜就不见踪影了，足足过了两个多小时她才再次出现，脸蛋红扑扑的，敢情是嫌大家凑在一起喝酒浪费时间，瞅了空一个人到地下室烤桑拿去了。

所以说安娜是不可能参加什么桑拿派对的，她只会暗自嗟叹有人占了桑拿房。

甲之蜜糖，乙之砒霜。

住在文学中心的作家若要以婚姻状况分类，总有一部分单身的，一部分有家庭的，和现实生活中的状况一样，只不过鄙视链的排列顺序不同。

来这里的人，单身的决计不肯结婚，若是你要祝福他早结良缘，堪比最恶毒的诅咒，大忌。偶尔大家一起吃饭，共享几瓶莎当妮或黑皮诺，酒瓶里最后一滴酒是决计没有人喝，也没有人胆敢往另一个人的酒杯里斟。

"谁会是幸运的那个人呐？谁喝了那酒瓶的最后一滴酒，谁就会是下一个新郎或新娘……"听过这首歌谣没？太可怕了，虽说我们都不迷信，但是这种倒霉的事情一定要避免。

至于那些有家庭的作家呢，其余人等对他们嗤之以鼻，在家里待着好好的，为什么偏要特地申请到这与世隔绝的小岛上来？孤身住在单人间里，一住就几个月，也不通勤赚钱养家，也不带孩子，也不分担远方的家务，连电话都不怎么打回家。哼哼。

这些人要是胆敢在这栋房子里谈论幸福的家庭，晒丈夫，晒妻子，晒孩子，晒房子，肯定会招来"呵呵呵"的回应，遇到安娜那样的，还会利落地甩下一句："我妈不让我跟傻子多说话。"所以这些人最好是省下了世俗生活中的谎话，直接承认家庭是个错误，申请来这里绝对是为了逃避家庭，逃避生活，图个清静，在不受家人鄙视和干扰的环境中重拾自我，偷偷写几百页所谓著作。

有的人还会夸张地补上一句："只有躲在这栋房子里写作的时候，我才重新觉得我做回了真正的自己，可惜这时间太局促了，一年一个月，十二年才凑满我一年的日子。我这一生中养家糊口带孩子伺候老婆，满足各种社会标准与周围人的愿望，剔除这些要命的所谓现实生活，就只给我自己剩了这么点时间码字，还必须躲得远远的，免遭他们闲言碎语冷嘲热讽。"

够真诚，大多数人都满脸谅解地望着他，指出问题的核心："活该！"

有家庭的作家按年龄和辈分的区别，我们叫他们作"祖父祖母""大妈大叔"。没有家庭的，无论年龄如何，都不称"大妈"，因为在词汇之海的概念中，没有自甘孤独的"大妈"，只有贪图热闹没有别人活不下去的"大妈"。

这栋房子今年的八月里，有四位"祖父祖母""大叔大妈"，他们偶尔也会炫耀一下内心的孤独，比如说，有些午后，在坐在厨房的餐桌前喝咖啡、吃超市里买回来的廉价蛋糕时，一位祖父年龄的男作家汉斯曾经有过惊人之语。他来自德国,是个产量不高的小说家,很多年前还颇有点名气。

汉斯望着空荡荡的灶台,幽幽地说:"真希望妈妈在这里啊。"

"……"古妮拉、安娜斯塔西娅、埃里克和我当时的表情是这样的。

其余人等居然颇多应和者。比如来自丹麦的祖母立刻点头称是:"这么多年照顾家里人,年纪大了,都忘记被人照顾的感觉了,难得在这里偷个清闲……是的,现在就缺一个妈妈在灶台边忙着,多希望有人照顾啊。"

他们年纪太大了,恐怕已经忘记,有妈妈照顾是挺好的,但是相应的,必须陪着妈妈聊天的时间不会比自己给自己烤一个蛋糕更短。

周五晚上七点半,桑拿派对时间。

埃里克早已提早一个小时启动了桑拿房,此刻地下室里热气腾腾,坐在厨房里都能听到气流和电源的脉动。不过那里面一个人都没有。写下"可能来"的意思,自然就是婉拒咯,肯定不会来又不好意思明确说"不"才这么写的,安娜是唯一足够诚实的人。

神奇的是,埃里克期待的派对居然开起来了,就在桑拿房的天花板之上——厨房里。

为了避开不去桑拿排队的尴尬，绝大多数人都提前来厨房做晚餐，打算早早用餐完毕，躲进各自的房间，蛰伏到桑拿结束的时间，结果就彼此遇上了。难得这么多人凑巧聚在一起，择日不如撞日，便打开几瓶存在壁橱里的酒，在餐后一同喝起酒来。

连安娜斯塔西娅也在这里，不能晚上一个人去桑拿房消磨时光，她坐在厨房里握着一盏酒，怅然若失。

丹麦祖母从壁橱里找出一本旧趴趴的拍纸本，摸出半截铅笔，醉醺醺地挨个儿问每一个人："哎，说说，你最亲密的人是谁？我给你记下来。"

埃里克举手："我最亲密的人，是我的前女友。"

哎哟，没想到埃里克还是个情圣。

"别误会，我说的前女友，就是泛指前一个女友呐。"埃里克拿起各种酒瓶给每个人斟酒，一副希望大家都洗耳恭听的姿态。他这么需要别人的关注，真是让人瞧不起。

埃里克自承是一个特别害怕孤独的人，他觉得自己是"卵生"的，而且至今没有被"孵化"。他活在一个与生俱来的厚厚的蛋壳之中，从里面无法击破。

他掌握十一种语言的驱动力全然来自于此。他想要一种更深入的交流，在自己小小的国度中找不到这样的人，还有这个星球上数不清的人类。出于对灵魂沟通的执着，他还要越过英语这一堵所谓国际语言虚伪的墙，用他人的母语去交流。

学到第十一种语言之后，他觉得语言原来是多么虚弱无力的媒介啊。所有的误解都因语言而起，所有的心领神会只来自沉默。这种沉默究竟是怎样的呢？他只在小说和宗教典籍中读到过。

埃里克是个容易讨女孩子欢心的家伙，有一度，他发觉性爱是孤独绝好的止痛药，跟用阿司匹林对付偏头疼似的，至少每四小时一片是管用的，药效过了可以继续服用，有点伤身体就是了。当然性爱不是药房里的标准片剂，有无感的，有无聊的，也有绝妙的。遇到后者，埃里克就会有一种错觉，仿佛他与生俱来的壳有一瞬间消失了。

当他的手掌触摸那具让他感受非凡的躯体，肌肤背后的温度在微妙地变化，微小的血管轻轻跳动，"我和这个人类之间距离为零了"，他被这种强大的幻觉淹没了片刻，就像是潜入浴缸温热的水底躲藏上一两分钟的时间，然后他又得回到正常的呼吸中，水面上的世界边界生硬。

过了些年之后他厌倦了这种循环，一切都是徒劳无益，他开始进入漫长的禁欲期，省下更多的时间博览群书以及埋头码字。

没有前赴后继的新女友之后，伴随有一些日渐严重的戒断反应，比如说，以往，他并不介意一个人大摇大摆去餐厅享用美食，后来他便无法去一些环境优雅的餐厅，他看不得其他餐桌上情侣耳语微笑，受不了那些不慎飘入他耳中的无聊言语，他觉得侍者看他的眼神带着同情。不想做饭的时候，他落得只能去肯德基和麦当劳解决肚子的问题。后来他连这些快餐店也不想去了，孩子们成群结队的身影让他觉得想哭。

自己做饭总有气馁的时候，一个人煮给一个人吃，过于精致的话总觉得有点伤感，草草了事则违反了饮食审美。最后他的饮食审美还是向无谓的伤感妥协了。他只买组合好的冷冻原料，他一天烹饪整整两天的食物，这使得他的食物摄取降低到一种维持生存的行为，若是使用东方式的调侃，这简直有点"修仙"的意思了。

"多么奇怪，我居然还为了失去了异性关系而减肥成功了哎，"埃里克自嘲地说，"虽然我知道我要的根本不是这么回事。"

他要的那个东西是否存在于这个世界上？他不知道，至少他深知不会有人来拯救他。正如他曾迷恋的异性关系，是一种普世的幻觉，总有人错觉这种关系可以治愈一切水土不服，事实上不过是一点与灵魂毫无关系的荷尔蒙。从这个角度而言，无论是朋友、同事、家人还是异性，所谓建立亲密关系乃至灵魂对话，都是一桩让人绝望的尝试。

"我是一个陌生人哎，我偶尔经过了这个世界……"有一首爱沙尼亚的歌谣好像是这么唱的。

丹麦祖母将铅笔转了个圈，铅笔停下来的时候，笔尖恰好指向安娜斯塔西娅。

安娜大大方方地答道："噢，那个最亲密的人嘛，是我丈夫。"

她看上去不像有丈夫的样子。

"我们已经分居了。"安娜从容地面对众人脸上怀疑的神情。

分居的原因颇为高大上。"我们的政治观点不同。"她耸耸肩。

如果我没记错的话，我在微信朋友圈看到的状态通常如下：恋爱中的年轻人考虑分手是因为月经期间男友回复"自己多喝热水"，结婚前是因为买房的时候房本上只写一方的名字，婚后则肯定不是因为"坐在宝马上哭"，而是因为没有宝马。

安娜斯塔西娅不喜欢普京的政策，她丈夫也不喜欢。

安娜认为，不喜欢就得写点什么。她为瑞典媒体写本国民生现状，为本国媒体写俄罗斯流亡作家在瑞典的生活现状。拿破仑认为，如果当初他拥有《真理报》，那么全世界都不会知道有滑铁卢这回事儿。安娜的丈夫则认为，写点什么又不能改变世界，反而会惹来麻烦，不如保持沉默，生活在《真理报》的太平盛世中，脑袋足够机灵，日子又过得足够小的话，没准也能活得安逸长久。

安娜与丈夫青梅竹马，相处已有很多年。她爱这个男人，况且他们彼此懂得，他们在智力与见解上是可以对话的。这实在是异性关系中实属罕见的范例了，所谓灵魂伴侣的陈词滥调是真实存在的。

所以安娜想过在一定程度上迁就他，比如说，她向丈夫建议过，至少他们可以一起离开这个国家，她可以在另一片土地上写些无关紧要的报道。

她的丈夫表示，他不相信这个星球上有理想国，任何一片土地都会有自己的问题，也许更糟。在这个国家，他们至少还有自己的房子和二手车、熟悉的人脉、母语。

安娜相信她丈夫的智商，她知道他的想法也许更聪明，她总是更笨拙一些，刚猛有余，幼稚偏激，经常撞得头破血流，还得由他去警察局收拾残局，将她保出来，一次又一次。然而她必须相信有一个更好的世界，不能由她亲手在脚下建造，她也需要去相信，要是让她放弃了心里的这一点火热，她就熄灭了，不再闪闪发光，在这个世界上死去了。

这个男人曾经是最靠近她灵魂的那个人。但是两个人的相互吸引注定两个人是不可能相同的。对于在漫长的时间中一起走下去这回事来说，哪怕最庞大的不同也可能是无害的，哪怕最细小的不同也可能是致命的。

这个全世界可能最懂得她与迁就她的男人，可以与她最亲密的人，她不得不离开他，这样她才能作为自己活下去。一个人活下去。选择并不难，难的是不可以再回头看。

俄罗斯冬天室外有多冷？据说在大街上步行最好不要掏出手机来看，气温太低，苹果手机当场死机，三星据说可以坚持五分钟，华为可以坚持十五分钟。这并不妨碍我依然在用我的苹果手机，因为我并不生活在俄罗斯。

瑞典的冬天有多冷？据说北部地区可以达到零下四十度。

那么为什么还需要冰箱呢？

因为可以把食物放在零下十八度的冷冻室里保温啊。

还可以打开零上二度的冷藏室来取暖用啊。

如果人与人心中孤独的感受可以比较，这应该是一件非常有趣的事情吧。

总有比想象中更寒冷的地方。然而这并不妨碍我们欣赏雪景。

"我是一个陌生人哎，我偶尔经过了这个世界……"是谁刚才在做饭的时候哼过来着。

丹麦祖母又打算接着问更多的人，我们都知道她是装醉，嬉笑着躲开，有的撺掇她自己先回答。她笑而不语，握着铅笔静待记录。因为德国祖父年龄的汉斯欠了欠身，正在等大家静下来。

汉斯子孙满堂，先后有三任妻子，有一位还在任。我们都觉得，他所谓亲密的人无非两种可能，一种俗套，诸如孙子孙女，或者妻子。一种也不见得有新意，也许还算有趣，比如说，这位老祖父多年来还私藏着一个妙人儿。

"如果当得起'亲密'这个词，这么多年，只有一个人，那就是我妈妈，"汉斯认真地说，"尽管她跟我一点儿都不亲密，从来都不，我十二岁那年以后就没有再见过她，而且在此前的一些年里，她都很少回家。"

汉斯念出他母亲的名字，苏菲。这个名字的发音听上去有些生疏了，他说得缓慢而笨拙。

"每当我坐在厨房里,看着空无一人的灶台,我总是想,真希望妈妈在这里啊。"

苏菲有八分之一的犹太血统,大多数人并不知情,这让她在第二次世界大战中一度处境还算安全。苏菲的丈夫——也就是汉斯的父亲自然是知道的,他尽力隐瞒,并且筹划带着苏菲与汉斯早日离开德国,举家迁往瑞士。因为苏菲的父母亲早已移居到了那里。

苏菲在交响乐团就职,曾经是首席小提琴手,她是一位年轻美丽的母亲,有广阔的社交圈,有不少狂热的音乐崇拜者,还长期参加好几个慈善基金会的活动。那段日子,丈夫劝告她低飞,尽量少出现在任何公众场合,与人交往尤其要慎重,切不可与犹太人接触,以免引起当局的联想与怀疑。

有一回,乐团公事的缘故,苏菲接受邀请去一家儿童基金会参观。这家基金会有一群热心的编外志愿者,他们都是年轻的工程师,业余时间的爱好是给孩子们研发最新的益智玩具,还经常带着新发明去孤儿院,陪孩子们做游戏。

这些年轻的科学家中不乏苏菲的崇拜者,他们恳求苏菲去孤儿院做一场义演。其中最热心的是一个叫作伊莱的年轻人,从名字便能看出,他是一名犹太人。

只是一场义演而已,苏菲这么对丈夫说,她还带着汉斯一同前往，孤儿院里都是与汉斯几乎同龄的孩子们。那是一个非常快乐的下午，汉斯至今还记得阳光闪耀在教堂的尖顶与母亲的琴弓上，孩子们的脸上满满的笑容，各种形状奇怪的模型飞机在天空中滑翔和坠落。

伊莱的热情超出了苏菲的想象，他开始给苏菲送花，将系着邮票的玫瑰插在苏菲家的信箱里。他送来会说话的塑料娃娃，显然是按照他自己的模样制作的，五官画得颇为拙劣，对着苏菲滔滔不绝地讲着王子与公主的故事。他送来的八音盒里旋转播放的都是苏菲的照片，是他从报纸和杂志上搜集的彩页。

"他喜欢你喜欢得不得了呢。"苏菲的丈夫说。

"他只是孩子气，年轻，不懂事。"苏菲叹气，这样的人她也见过不少，徒增烦恼。

"可不是，在这个节骨眼上，他知道这么做给你增加了多少危险吗？他会连累你丢了性命。"苏菲的丈夫决定提前逃亡的计划，事实证明他的决策是正确的。

苏菲全家秘密搬家的一周前，伊莱又来找苏菲，他请求苏菲为他录一首儿歌。

"儿歌？"苏菲有点恼怒，她是个古典音乐的首席小提琴手，她怎么可能随随便便唱歌，而且还是唱一首童谣。

伊莱说，他想做个娃娃给孩子们，这娃娃会做成她的模样，还会唱歌，孩子们一定会喜欢，因为孩子们和他一样喜欢她。苏菲觉得他看上去傻到家了，真不敢相信这家伙居然是个工程师。

数日之后，就是历史上的"水晶之夜"。一夜之间，数百间犹太教堂与数千家犹太商店被暴力毁坏，数万名犹太男子被送往集中营。苏菲听到消息，伊莱失踪了，不仅是伊莱，儿童基金会的一大半青年志愿者都失踪了。

苏菲幸免于难，翌日一家三口就抵达了瑞士乡间。

如果苏菲就此隐姓埋名地生活下去，她的人生可能是世间人都认同的圆满，夫妇恩爱，子孙满堂，和孤独不会有一毛钱关系。然而苏菲无法忘记那一个名叫伊莱的年轻人。她压根不喜欢他，甚至有点讨厌他，那几乎等同于一个骚扰者。正因如此，她见到过他种种令人生厌的表现。但他曾经是这样一个活生生的人，说不见就不见了，这会儿可能正在集中营里做苦力，或者已经被杀死了也说不定。

苏菲想要找到他，她拜托了仍然生活在德国的朋友，给他们频繁地写信、打电话，请他们到处打探，她甚至想要自己回到德国去看看。

"这太危险了。你跟他不应该有任何关系的，你不记得了吗？只要你放弃找他，就没有人会怀疑你是个犹太人。"丈夫的劝告依然是正确的。

"可是我们就扔下他们不管了吗？"苏菲问。

苏菲也无法忘记在孤儿院义演时见过的那些年轻人，他们真的一大半都失踪了吗？她记得他们有些人的脸，更多人面目模糊。还有她以前认识的许多犹太朋友，熟识的，或者仅是一面之缘，苏菲不知道他们现在是否已经全部身在集中营。听说在那个地狱里，每天都有人死去，他们遭受虐待和屠杀。

不论是她认识的，还是不认识的，有感情的，还是毫无交集的，当苏菲听闻了这一切，那些人的痛苦与恐惧，她感同身受，并且为之悲伤不能自持。

直到那个时刻，苏菲第一次感受到她与这个世界的关系是如此紧密，她和这个世界上生活的所有人类，乃至所有陌生人都有深深的关联，她无法控制自己关心他们，为他们难过，想要尽自己所能帮助他们，这件事情是无法用理性来解释的，如果一定要说一个理由，那就是因为他们也是和她一样的人类，他们不是家禽家畜，他们不应该遭到这样的对待。这是一种与生俱来的认识。

苏菲终于决定要回到德国去寻找他们，帮助剩余的人逃出来。她与几家慈善机构的地下组织取得了联系。

临走的时候，丈夫给了她一张冷脸："我不理解，如果那些人是你的父母亲眷，我可以理解，可是我不理解你去为这些跟我们毫无关系的人冒生命危险。我和汉斯难道不是你最重要的家人吗？你忍心就这么离开我们吗，为了那些你根本不认识的人？"

苏菲说，她难以想象，如果她只关心自己过上平安富足的日子，只关心周边最亲密的几个人，闭上眼睛不去理会这个世界变成了什么样子，不去听距离自己并不遥远的那些陌生人的哭泣，这样的她，如何可以由衷地感受快乐。

可能人与人都是不同的，她恰好属于另一种，她感受到的安全、尊严、温暖与得不到这些的陌生人是相连的，与她息息相关的世界很大，远比一般人的世界大，而她明白她的力量很小，这几乎是个绝望的命题，然而她别无选择，她无法让自己变成另一个人，唯有听从内心的指引。

这是汉斯三十岁以后，他的父亲才告诉他的。在此之前，他印象中的母亲极为模糊，因为他对她怀着极其矛盾的心情。

当他还是个孩子，他记得最幸福的日子，莫过于很难得的，母亲回家，有时候间隔几星期，有时候隔得很久，有足足好几个月，他都害怕她不会再回来了。母亲经过长途旅行，一身疲惫地回来，每次回来她总是变换了模样，穿着迥然不同的装束，有时看上去像个艳俗的阔太太，有时候像个村妇。她剪掉了长发，经常更换头发的颜色。他总是认得她。

母亲换掉衣裳，默不作声，无论看上去如何憔悴，她总是先来到厨房里为他做饭。看着母亲走动在灶台前，曾经是汉斯最幸福的时刻。汉斯偷偷望着她，然而他不跟她说话，他很生气，她又离开了这么久，她不够在意他。

汉斯还记得，当他用沉默的武器伤害她的时候，母亲寂寥地在厨房里走来走去，在黑夜降临的时候，她经常一个人轻轻唱歌，唱得都是一些旋律简单的歌谣。这让他觉得非常陌生，母亲以前是从不唱歌的，她是个古典音乐的小提琴手，她说自己唱歌不专业，她也不喜欢不够丰富的音乐，总是笑话市面上可以被传唱的歌曲是"耳朵里无聊的虫子"，她甚至连摇篮曲都没有为他唱过。

他曾经以为这是母亲对伊莱依然存有内疚之心，毕竟他最后的要求是请她为孩子们录制一首童谣，之后这个人便消失在人世间，连一块骸骨都没能找到。

他也怀疑过母亲的变化是因为她有了其他亲密的

朋友，也许她在照看另一些孩子，她愿意唱给他们听。他满怀嫉妒。

这个歌谣听上去满怀忧伤，怎么听都不像是可以娱乐孩子们的。

"我是一个陌生人哎，我偶尔经过了这个世界……"

直到很多年以后，他终于领悟到，这应该是母亲在为集中营的生活做准备吧。在监狱里，没有了乐器，没有了乐团的其他人，能以音乐慰藉孤独的，恐怕就只有这一些旋律简单的歌谣。这是最适合监狱的音乐啊。

在他十二岁那一年，母亲再也没有回来。

父亲没有能够找到她，直到第二次世界大战结束，也没能找到她的哪怕一块骸骨。

父亲有很多年没有提起母亲，就好像他的妻子从来就没有存在过。他也假装他从没有一个母亲。他们刻意回避着这个话题，假装还在生她的气。直到父亲临终前，他跟汉斯说了很多母亲的故事，很多几乎是琐碎的细节，很多父亲并不理解的细节与絮语。

汉斯并不仅仅从事写作，他教书，更多的人生光阴中，他从事着监狱志愿者的工作，在监狱里教授音乐，辅导囚犯制作自己的音乐。

并不是每个人都可以毫无理由地爱着这个世界上的陌生人，凑巧他也是。

"你们知道监狱音乐是什么样的吗？"汉斯说，"非常简单的旋律，单一的乐器，甚至只是一些敲击的节奏，连旋律都没有。这是狭小空间里，手中空无一物，物资极度匮乏的条件下的音乐。"

可能是得到母亲的遗传，汉斯也是一名音乐家，不怎么成功，没有他身为作家这么出名，只是年轻的时候出过几张唱片。

也是在监狱做义工的时候，汉斯才渐渐回忆起母亲唱过的那些歌谣，意识到当时母亲的心情，一个随时可能被捕、被送进集中营的女人，可能就是明天，就是当她再次离开这座瑞士乡间的房子，提着旅行箱踏入德国边境的那一刻。每一次在厨房里为自己的孩子下厨，都可能是最后一次，时钟滴答作响，最后的时间正在流逝。

她知道自己的命运无法改写，这是她身为她自己的宿命，然而她也是凡人，是个女人，是个母亲，她想过要苟且偷生，放弃她对这个世界的信念吗？她想过留在卑微的生活里，与家人厮守，任凭那些陌生人在世上哭泣与死去，她只是专注于烤箱里一次次即将松脆的小饼干，直至变成一个耄耋妇人吗？每次离开这个家的时候，她曾一个人偷偷哭泣过吗？

当她在学着唱那些陌生的歌谣时，她在想些什么？这不是一些足够高级的音乐，不符合她作为首席小提琴手的审美，然而这将会是她仅有的财富，当她被捉住手臂，塞进卡车，送往集中营，凭借着小小的财富，她仍然可以暂时保有她与这个世界相连的灵魂，忍受各种折磨，直到生命的最后一刻。

她准备好了。

汉斯如常人一般结婚生子，这并没有太大用处。可以想象，任凭怎样的家人都很难理解，她们的丈夫与父亲花费绝大部分的时间去监狱陪伴一些囚犯，花费比陪伴家人多得多的时间去与一些危险的陌生人用音乐交流。

坐在人群环绕的沙发上，感觉自己格格不入，这样的一位祖父，应该比一个单身汉更加觉得孤寂吧。

在家人欢快的吵嚷声中，汉斯总是望着厨房的灶台，他看到消失的母亲在灶台边上寂寥地走来走去，面对她沉默的儿子，她独自哼着那个孩子听不懂的歌谣，一支又一支。这是一种怎样的亲密啊，隔着跨越不了的时间，汉斯终究意识到，自己和母亲是同样的人，这种了解，是一种深入骨髓的亲近，却注定是无法对话的。

因为即便懂得，也没有人希望与陌生人分享家人的关注吧。

"哎哎，没想到您老人家还是一个音乐家呐。"有人插科打诨，似乎要打破此刻沉重得要压死人的气氛。

"可不是，要不要给你们开个私人音乐会哪？"汉斯乐呵呵地开始点他那一盏烟斗，手指不太听使唤，点了几次都没点着。

"您老会什么乐器吗？"

"吉他够不够啊？别的都忘得差不多啦。"

"那就下周五晚上怎么样？安排在阁楼上好不好，还是我来召集？"

"没问题，可是这栋房子恐怕是这个世界上最不像监狱的地方了，你知道我擅长监狱音乐，就怕折辱了这里的主人。"

"我倒是觉得活着本身就是一座监狱，所以这音乐只要不带进棺材里，在哪里演奏都是最合适的。"

他们有一搭没一搭地试图把空气中凝固的东西驱散。然而我们依然听到仿佛有人在远处歌唱："我是一个陌生人哎，我偶尔经过了这个世界……"

窗外的树在风中汹涌作响，如同海浪拍打着房子古旧的墙壁。这真的是来自爱沙尼亚的歌谣吗？爱沙尼亚究竟在哪里，似乎就是邻国，一点都不远。

忽然间，我们想起了所有熟悉与陌生的国度，想起了这个世界上所有的陌生人。我们为什么身在此地，这个理由我们心知肚明，只是并不愿意有人真的把它拿出来，放在桌子上审视，那样未免显得过于矫情了。

我们靠敲击键盘消磨一生的光阴，我们是可恶的家人，不负责任的情人，行事乖张的朋友，这么看待我们就好了，不要注视我的眼睛，免得让我掉眼泪。我想忘记与这个世界的联系，因为当这广阔世界的任何一根琴弦被拨动时，都会让我神经脆弱。我想忘记我们对这个世界的在意胜过其他任何职业，我想忘记我们对所有陌生人的关心远远超过我们自己的想象。这可真要命。

厨房过道里的黑板上写着，今晚会有一名新作家入住，奥特，来自爱沙尼亚。

喝到半夜里，也并没有听到外面有旅行箱拖过鹅卵石路的声响。

等了足足三天，我依然没有见到这位爱沙尼亚作家。

"他已经到了，我见到他了。"古妮拉没好气地说。原来奥特打呼，彻夜未眠的古妮拉翌日清晨敲开了他的房门，严肃抗议。这以后的两个夜晚，她再也没听到奥特的呼噜声。

"不知道他怎么做到的。没声音了就好。"古妮拉一副不感兴趣的表情。

那天我在厨房隔壁的图书馆连续码字十一个小时,凌晨一点从图书馆走出来,经过厨房的走道,一个庞大的黑影让我吓得差点把电脑给扔出去。这是一位胖乎乎的先生,至少有两百公斤的样子,长着一张胆怯的面孔。我就这么见到了奥特的真身。

"别害怕,我帮你开灯。"我以为他半夜肚子饿,摸到厨房里,找不到电灯开关。

"不用,我挺好的。"他害羞地道歉,嘟哝半天没说出下一句话来。我看见他手里抱着条毯子。

他睡在厨房。事实上,他正打算将被子铺盖搬到地下室的桑拿房里,那里可以躺下,比他临时放在厨房里的那张简易躺椅舒服多了。关上桑拿房的大木门,怎么打呼都没人能听见了,只要没有人在外面打开桑拿加热开关,那里的气温还是很凉爽宜人的。

"那么白天呢?为什么我们白天也从来没有看见过你?"

"白天啊,我一般坐在森林中央的那个木头椅子上码字,几十种小鸟在我周围飞来飞去,有的还特别喜欢停在我的肩上哪。"奥特告诉我,他在爱沙尼亚有一栋小木屋,就在森林中央,周围一个人都没有,他属于森林。

离开哥特兰岛的航班是早上六点，我订了一辆出租车，五点来房子门口接我。

几乎所有人都问过我哪一天离开，具体是几点走，这只是一种礼貌，我懂的，大部分人都不会记得来送行这回事的，他们总是被码字的热情折磨得神不守舍。然而我还是特意选了这个在欧洲人看来早得离谱的时间，为的是可以干干净净地走，不要有人特意来送行，站在门口拥抱寒暄半天，没准还会掉眼泪。

我不喜欢道别。道别了如果再见，承担道别的伤感就毫无必要。道别了如果不再相见，就更无所谓在意道别的虚礼，反正老死不相往来了嘛。

不喜欢道别也是有代价的，比如说，没有人帮着提箱子。我身体孱弱，唯有一个强项，三十公斤的行李，我一个人提上提下五六楼是没问题的，省下了社交的尴尬，特别值得。

早上四点，我起床刷牙，手机响了一声，我差点把牙膏咽下去。

点开看，居然是奥特。他短信我："你是今天早上走吗？"

走廊里漆黑一片，窗外冷雨连绵。只有奥特一个人站在走廊里等我。他帮我提箱子，摇摇晃晃提下楼，想了想，又提到大门外。箱子差点骨碌碌滑走，他一只手按着，伸出另一只手拥抱我，我就像被埋在一座大山的山坳里。随后他笨拙地在身上的大口袋里摸索，摸出一本小小的书，他的书，郑重地递给我。

都是作家之间的虚礼。好尴尬。

我发现其实奥特是外向型的，别看他经常说不出话来，他属于寡言的外向型人格。比如说，每次他在脸书上发照片，都会同步再给我发一遍短消息。

不久之后，天寒地冻，他回到了爱沙尼亚森林中央的小屋里，准备了充足的食物，点起壁炉的熊熊烈火，还搬回来一盆百里香、一盆罗勒，打算在那里蛰伏整个冬季。

我看了照片之后问："你不会打算慢慢吃掉你的室友们吧？"我指的是那两盆香草，通常人们总是在厨房里养着几盆这样的香草，烹饪的时候摘下几片叶子，放进煎盘、烤箱或者色拉里。然而在这样的小屋里养着两盆香草，感觉就不太一样，这仿佛相依为命，要是随意砍断它们的手脚，放进餐盘里吃掉，未免太残忍了。

"当然不会啦！我保证我另外准备了调料。"旋即他又拍了一张照片发来，是他的大脸盘和举起的一大口袋风干的各种香草。

原来和我想的一样,他真的是将这两盆香草当作室友看待的。孤独的人都是温存的,所以只配跟植物做伴。我默默给他脸书上的新照片点了个赞。

在哥特兰岛遇到的这么多朋友中,我只给他点过赞。虚礼,真是没办法。

我走进了挪威森林……

我走进森林里的时候，才意识到我身在挪威境内，挪威森林，我心里嘀咕了一句"我×"，我想怎么这么耳熟呢，文艺小青年喜欢了多年的陈词滥调，我还莫名其妙给真的撞上了。我走进了挪威森林——这个句子怎么样？够写一篇十万加的肉麻美文吗？

其实我只是个纯粹的大自然爱好者，这么撇清有用吗？

关于在这一带的森林里必须见识些什么，我预先得到了一位挪威妹的点拨。攻略一，我必须带上一把小刀，去采蘑菇。

"超市里的那些不叫蘑菇。"她用极其轻蔑的语气谈论那些装在保鲜盒里的玩意儿。只有野生的才能叫蘑菇，一切人工养殖的都是另一物种。我觉得她这种观点简直有哲学高度了，据说大部分北欧人都这么认为。

挪威妹斜梳着一根马尾，金发高高垂在脸颊一边，身穿豹纹大衣，连旅行箱都是粉红底色加咖啡豹纹图案的，她就这么火辣辣地跟我搭话，阐述她据说最有代表性的北欧观点。

采蘑菇一定要用小刀，齐根切下来，如果就这么用经典儿童文学中的姿势摘下蘑菇，原地就有好一阵不会长出新蘑菇了。当然这个好习惯导致了一种看上去颇为恐怖的现象，如果你在森林中遇到一个孤独的人，身穿风衣，用帽子兜着脑袋，手里攥着一把闪闪发亮的尖刀，默默无语走在你身后，切忌转身过去抢先用小刀扎他，那不叫正当防卫，那叫杀人！人家只是出来采蘑菇的，无辜得和你一样。

攻略之二，我必须走遍森林四处寻找，直到亲眼见到一头麋鹿。这是挪威森林里特有的神奇动物，如果没有见到过，就不算到过挪威森林。她的原话。她谷歌给我看麋鹿的图片，不是驼鹿也不是驯鹿，从图片对比来看，这动物比它们都庞大，头顶着巨树一般的角，枝杈也比别的鹿繁茂庞杂，挺吓人的。

我问挪威妹，这麋鹿到底有多大？她回答说，肯定比你大多了就是，如果你见到其中一头，估计就像见到一座小山丘吧。火车快停下来的时候，她忽然提醒我：

"见到麋鹿之后，千万不要动，更不要跑，记住，如果它瞪着你，你就瞪着它，保持身体纹丝不动，一定要面带微笑。"

为什么！

"因为你一动，它就会朝你冲过来啊，你跑它就追着你跑，直到用它的大角把你捅出几个透明窟窿。但是只要你不动，它就不会动，你就是安全的。记住，一定要用最温和的目光注视它的眼睛，最好面带微笑。"

"要是它瞪着我一天一夜呢？"

"那你也微笑一天一夜啊，难道脸颊酸比活命还重要啊？"

我觉得我必须谢谢挪威妹的救命之恩，她总算想起来在我下火车走进森林前告诉了我这个攻略的后一半，她差点就忘记了不是吗？光告诉我去找麋鹿，这可以算是谋杀吗？我还记得哪本书上写的，北欧人民是地球上最靠谱的人群之一，体形大的动物都是性情温和胆怯的。这书是怎么通过三审三校的？

挪威妹跟我解释，十月恰好是捕猎麋鹿的季节，麋鹿很害怕也很暴躁，我算是无辜卷入这场战争中的。关于这一点，显然我跟麋鹿也是解释不清的。

我有一个问题埋在心里很久了："既然如此，你干吗撺掇我一定要亲眼见到麋鹿呢？"

挪威妹甩了甩她金光闪闪的马尾，用她骄傲的高声部对我说："如果我告诉你只有在这个月份、这个地区才能见到这种很少出现的动物，我让你不去，你会听我的吗？"

嗯，这又是一个哲理。

漫步在挪威森林里，我不禁想到我最无法抵御的许多诱惑，比如说，去参加一些有很多国际作家集体居住的欧洲写作营。胆敢并乐于去遇见许多来自不同国家的人，尤其是作家这种奇异的物种，其危险程度不亚于和一头麋鹿面基。

还记得几年前，爱丁堡四月某个阴冷的下午，我独自在古老的街道拾级而下，往苏格兰国立美术馆的方向行进。天空很给面子地安静了半个多小时，接着又开始下雨，我走在雨里，步伐和速度纹丝不变，雨水顺着脸颊汇聚到下巴滴滴答答的，看上去一副特别不好惹的样子。走到王子街的时候，一位高个子的陌生人打着黑色雨伞截住了我的去路：

"嗨，是时候跟我走了。"

这位出场特别有死神范儿的中年人就是主任，常年居住在爱丁堡郊外的一栋石头城堡里，主持城堡里的国际写作营。他是英格兰人,来到苏格兰工作已经有年头了。

写作营每月轮转一期,换一批新人,每批作家仅限四人,加上主任,我们五个人必须一同生活在与世隔绝的城堡里,整整一个月,除了出没在城堡花园里的野鹿,只有我们朝夕相处。差点忘了,还有两位厨师大婶,一位出勤周一至周五,一位轮班双休,千里迢迢开车带着食材来给我们做饭。

总之喜欢或者讨厌,我们的近距离同居关系是无法改变的。这很有趣。

尤其是每天夜里七点整,主任在底楼幽暗的餐厅里点起蜡烛,两支烛台,一前一后,我们四个必须坐在铺着白色桌布的长型餐桌两侧一同用餐。用餐的过程非常冗长,从餐前酒一直到饭后甜点,意味着我们必须聊天,聊几个小时,友好,和睦,愉快,平静,文学与创作的交流,心心相印,这是预期的效果。

在图书馆工作的丹麦作家是个戴眼镜的老夫子,小个子,一派斯文,天天戴着一条格子围巾。不知道是不是想在英语母语国家的人面前显摆一下学问,他总是最滔滔不绝的那一位,宇宙天文,地理化学,生物学外加考古,轻声细语,毫无停顿,听得我痛苦不堪,有如托福听力考试冲击高分的噩梦一样。

学术词汇是硬伤，听不懂也不能胡乱回应是不是？整整一餐饭下来都保持沉默，不礼貌是不是？然而这就是我的下场了。好几个晚上，我只能听着他们几个聊，我尬在一边，一边恶狠狠地切鸡胸脯，一边在心里嘀咕，为什么蹭顿饭压力都这么大？走着瞧，明天我抢先第一个说话，先跟你们大伙说说中国古代的礼仪，"食不言寝不语"。

我并没有能抢到第一个说话的机会，永远是老夫子，他是麦霸，文质彬彬得让人不忍心打断。可能是觉得大家接他的话题还是难度太低了，没过几天，他开始说古英语了，俨然贝奥武甫从棺材里爬出来。这么一来，印度作家首先被扔下车了，接着是美国作家，剩下主任独自勉强招架，偶尔接过球，用一种通俗易懂的方式把话题抛给我们几个，算是努力带动了片刻餐桌的气氛。

在老夫子开始谈论古希伯来语和梵文之后，主任终于礼貌地劝阻了他。这一行为让老夫子非常恼怒。他小声叨叨着："我不理解。每次我胡扯这些听不懂的玩意儿，姑娘们总会被我撩得不要不要的，为什么你要阻止我？"

他又朝着我们委屈地抱怨："你们又为什么这么不懂欣赏我？"

因为餐桌上有一大半不是姑娘,还有一小半姑娘比较关注精神交流的实践本身。

美国作家名叫强尼,人高马大,年过不惑,依然有一副大孩子般的表情。他天真地眨巴着眼睛,为了挽回餐桌的气氛做了一个巨大的努力,他故意跟老夫子打趣道:"想不到你也能把姑娘撩得不要不要的啊?"

这一下显然是用力过猛了。我们都觉得他蠢得可爱。

老夫子顿时就被哀伤和愤懑击中,手按餐桌站起身来,解开袖口,开始往上卷袖子。我们都以为他要跟强尼干一架了,急忙忙按住汤盆子,以免他们打架时碰翻了桌子,把汤洒了我们一身。

然而老夫子温吞吞地挽起袖子以后,只是向我们展示他的手臂。嗯,以他的年龄与身材来看,这两条手臂的肌肉还算是非常好看的,尤其是满满两手臂的彩色文身,很出乎我们的意料,原来老夫子也有这么狂野的一面,果然是有可能惹得姑娘们喜欢的。

"太棒了。"强尼连忙鼓掌,有点夸张,为的是弥补他刚才好心办坏事的裂痕。

其余人等也交口称赞,虽然我们自己也不知道有什么"太棒了"。

"不过……"老夫子叹息道,"姑娘其实也和你们一样恩威难测,有一回我们一起去湖畔游泳,我带了个专业相机给她们拍照,要知道我也是一位很专业的摄影师呢,姑娘们都很高兴。"他嘟哝了一大堆摄影器材专业名词之后接着说:"可是她们转眼都翻脸了,责骂我把照片都发到脸书上去了,还要起诉我。"

"……"其余人能想到的回答都是这样的。

现在我总算理解了"尬聊"的真实含义,那就是无论何种艰难险阻,都得吱个声。

印度女作家露丝忽然绽开一脸欢喜的笑容,对主任说:"啊呀,我觉得你这份工作可真令人羡慕,一年到头住在这么气派的城堡里,还每天有厨师做饭,好吃好住还有高薪。"

"嗯哼,"主任不动声色地建议,"喜欢你就去申请我的职位嘛。"

这么冷的英格兰式幽默,居然没人笑。

于是晚餐在大家的一脸严肃中奇怪地结局了。

翌日晚餐的餐桌前,老夫子戴着一副睡眠耳塞出现了。既然你们不让我说话,那我也不听你们说话咯——他的脸上默默无声写着这行字。

这副耳塞从此成为他来出席餐厅的标配,他化身为一尊功能单一的进食大神,神情专注地享受每一道美食，自己动手在桌上拿胡椒拿盐，添色拉添主菜，偶尔把剩下的甜点也悉数加入盘中。他自得其乐发出咀嚼声，哼哼唧唧的赞叹声，偶尔还打嗝，与我们专注的交谈声构成一组不协调的二声部。

自从老夫子开始实行"不存在主义"，印度女作家露西就成了餐桌上的麦霸。她的主题始终是"夸夸咱们家英国好"。尽管这是她生平第一次抵达英国本土，但是很显然，从孩提时期开始，她就一直笃信自己是地道的英国人，这让她在印度社会中保持一种上等人的姿态。

见到主任这位最地道不过的英国人之后，她唯有在他面前神情谦恭，唯唯诺诺，不像是遇到老乡，倒像是见到了真神。至于餐桌上的其他人，诸如来自美国的壮汉、来自中国的弱女子，以及主动放弃听觉的丹麦老夫子，在露西心中这一场"谁更像是地道英国人"的竞赛中，我们全都可以任凭她颐指气使。

我们都以为一物降一物，至少主任可以镇住露西。没想到露西无比机智，当着不是英国人的我们，她彰显自己"最英国"，当着纯正英格兰血统的主任，她彰显自己"最特殊"。

她提出她有特殊的宗教信仰，印度教，因此她是素食主义者，不能和我们吃在一块儿。厨师大婶们为此每天有了双倍工作量，从午餐到晚餐，从前菜、主菜到甜点，都得做两套，一套素食的，一套有肉有鱼的。

露西说这还不成，从宗教严格的要求出发，任何烹饪过肉和鱼的锅，盛过肉和鱼的盘子，沾过肉和鱼的餐具，她都不能使用。这就意味着城堡里得重新添一整套锅碗瓢盆。

露西表示，她常年吃素食，营养不良，她得去超市买点苹果汁啊什么的回来，放在冰箱里备着，以防低血糖晕倒。我们不约而同扫描了一遍露西圆滚滚的身材，这么硕大无朋的圆形物体，披着色彩艳丽的纱丽，一头栽倒在狭窄的楼道走廊的，这幅画面挺吓人的。

然而满是野鹿出没的城堡附近哪里有超市？主任不得不亲自驱车四十分钟把露西送到超市，一小时后，再驱车四十分钟把她给接回城堡，附加大包小包，为露西做搬运工。

一星期以后，露西又嚷嚷着吃素食口淡，她需要一种意大利生产的香醋酱来佐味。鉴于佐料应该是由厨房提供的，露西觉得这不应该由她自己出钱在超市买，于是她在纸条上端端正正写上了这种香醋酱的品牌，交到主任手里。

主任咬牙蹙眉，抓着他所剩无几的鬓发，长裤的裤腿皱巴巴的。

第二天晚餐的餐桌上，果然多出了一瓶崭新的意大利香醋酱，还没开过封的，庄严地摆在露西的餐盘前。

美国人强尼经常在小客厅里和主任一起"喝一杯"，顺便做填字游戏。他们存了一瓶上好的苏格兰威士忌。有一回强尼替主任抱不平。"你完全不必理会她嘛，至少不用为她做那种分外事儿。"他用大嗓门嚷嚷着。

主任耸耸肩，低声说了一个词："政治正确。"

强尼立刻骂了一句娘。那天晚上两人多喝了一杯，像交往多年的老朋友那样拥抱互道晚安。这是强尼多年以后告诉我的细节。美国人和英国人，在那一刻抵达了心灵相通的境界。

露西来自第三世界国家，露西是亚洲肤色，露西肥胖，露西是女性，露西有特殊的宗教信仰……这一切都意味着你不得不对露西恭敬有加，尊重她的意志，尊重她的权益，尊重她的权益加一，额外照顾她以免被认为是轻慢了她，否则就违背了"政治正确"的原则，这顶帽子你可戴不起。

强尼后来安慰主任说："其实你这份工作还是挺不

错的,至少每个月都能遇见新的姑娘,而且还都是基金会那伙挑剔的文学资深人士从一大堆女作家里选出来的,都是够格的文艺女青年哎,美得你!"

主任白了他一眼:"这都被你知道啦,我就是这么认识我现任女友的。"

强尼住在我隔壁房间,这堵墙貌似特别薄。这家伙打鼾。

窗外下着大雪,原本我想彻夜倾听雪落的声音,清晨在第一缕阳光中等候屋顶积雪消融的声音,没准午后还能听见底楼大客厅里壁炉燃烧的哔啵声。结果呢,我一天到晚听到的都是他的呼噜声,这还让我怎么码字?偏头疼都犯了。

我想抽个时间跟他好好聊聊"隔墙有耳"这个中国成语。如果你房间的墙壁另一侧有一双耳朵,耳朵并不一定是自愿的。

就像我总能特别清晰地听到他每天早上打电话,打给他妈妈。

"妈,您好吗?……我嘛,从来没这么好过,我得告诉您,我打算结婚啦。我在这里遇到一个中国姑娘,就住在我隔壁房间,我每天都能听见她哔哔啪啪敲键盘的声音,她是个特别棒的作家,听见她敲键盘的声音我就知道。两个作家共结连理,从此生活在一起白头偕老,这就是我一直梦想的婚姻呀。

"妈,我正打算跟她求婚呢,我确定她就是我一直想要找的那个人。……是的,要是可能的话,我打算今年就结婚,现在是四月份,抓紧一点的话,七月份订婚,金秋十月在纽约正式办婚礼,今年圣诞节我就不再是一个人啦,我可以带着她一起去您那儿布置圣诞树啦。

"妈,别担心,我会跟她说的。我在等一个恰当的时机跟她说,每天晚餐大家都在一块儿,不方便说。早餐时间倒是挺合适的,大家都是各吃各的。她起床晚,待会儿我就下楼去餐厅等着,我只要耐心等,肯定能等到跟她单独说话的机会。……要不我给您先发一张她的照片过来?昨天晚餐的时候,我偷拍了一张。"

我不吃早饭的坏毛病就是从那时候落下的。

每次肚子饿得叽里咕噜,蹑手蹑脚下楼走到餐厅门口,看见强尼一个人穿着鲜红的晨袍坐在餐桌前,手握一杯咖啡,等得肝肠寸断的样子,我就不敢进去。

我是个容易对这类事情产生内疚感的人。但是我不觉得对他有点滴内疚,他的困扰跟我基本没什么关系。

他在餐桌上时常谈论他的近况,四十岁以后,他把所有的业余时间都花在相亲网站上了。他每周固定抽出一到两个半天与陌生的女人见面。他声称女人们都喜欢他，可惜他能看得上的很少，能相互看得上的更少，相处一段时间总有理念上的不同导致分手。也许只有一个作家才能懂得另一个作家的心吧，他的原话。总之，成功率太低了。

我的理解是，四十岁以后的人生对他而言就是一场持续的"双十一"，他把相亲网站当成淘宝，怀着女买家一般不怕剁手的执着在买买买。现在他是把这城堡当作"双十一"的实体店了。

天这么冷，想早起真的很难。

我可以不吃早饭，但是不能不洗澡。

每天早上我总是最后一个进浴室，这也是没有办法的事情。浴室是一个突破距离感的绝好地点，比如说，我经常会捡到一些东西。鲜红的晨袍，我抱出去挂在强尼房间的门把手上。剃须刀，我想破头也没能想到，这居然是露西的，亚洲女人需要这个吗？秀发洗、护、精油三件套小包装，主人是老夫子，没想到他对一脑门几乎荒芜的植被还这么讲究。

有一回我在浴室门背后捡到了一件玫瑰红的吊带镂空蕾丝绸睡衣。我本来是想让它留在那里的，然而浴室丁点地方，就这么一个挂钩可以挂衣服。

我想当然以为是露西的。敲门，人家说不是，绝对不是。我这才发现尺寸确实不太对，她根本套不上。我也不能拿着去问两个男人不是？无奈我只能暂时交由主任保管。主任见多识广，果断地顺手挂在公共衣帽间里。

当天晚餐过后，那件香艳的吊带绸睡衣就无声无息地消失了。

露西自从早上知道这个八卦之后，一直挠心挠肺地想知道答案。她去跟主任打听，还非得含羞带怯地拉上我。

主任倒是一点不避讳，直接推理出结论给我们听。他晚餐过后一直和强尼在小客厅喝酒，那么拿走睡衣的只可能是另一个人，老夫子。

老夫子？他穿玫瑰红的吊带蕾丝睡衣？

"你们从没穿过男朋友的衬衣睡觉吗？"主任淡淡说。

一个月将近尾声的时候，雪停了。天气暖和起来。我喜欢在城堡前台花园的大露台上坐着晒太阳，俯瞰峡谷里大河奔流，这才发觉，这城堡是建在一块巨大的岩石上，而岩石镶嵌在峡谷的峭壁之巅。这让城堡宛如一条大船似的。真是遗世独立的一条船啊，想跳船逃走都没辙。

主任将两只手插在裤兜里，踱到花园里跟我说话："你是个很平静的人呢，遇到这么些有趣的同伴，你不惊不乍的，每天就看见你笑。这让我想起第一次遇见你，你走在这么大的雨里，还走得这么慢，跟在大太阳底下散步似的。"

嗯，厨师大婶们也常说我是一个"很平静的人"，吃饭特别慢，每道菜都落在别人后面，好吃难吃，有人催没人催，都是同样的速度。

其实我就跟肯辛顿花园九曲湖里的大白鹅一样，在水面上慢吞吞地漂浮着，迟钝平稳，波澜不惊，在别人看不见的水底下，脚掌尴尬慌张地划水，各种忙乱。

人群就是动物园。走进这座动物园，我总是又好奇又害怕又不知所措，所以只有保持浅笑、中度欢笑、哈哈大笑，这跟遇见麋鹿是一个道理。

既然聊到了这么触及内心的问题，我觉得我也有必要效仿其他同僚，恭维一下主任的职业了。于是我对主任说："我觉得你这份工作特别有趣，住在这么与世隔绝的一个城堡里，每个月接待四名来自远方底细不明的奇怪陌生人，这一定特别刺激，也特别需要勇气吧？你从来没有为自己的生命安全担忧过吗？"

我是指，每个月四名陌生人，一年四十八名，五年二百四十人，难保其中没有个把变态杀人狂什么的，我觉得比例应该还挺高，尤其是作家这个职业，道德与艺术不能两全，社会化与天性无法共存，怪人真的很多。

没准人家就是奔着体验生活来杀人的，事先把计划都做好了。也可能是在这里写得不顺利，一时兴起，杀人找找灵感。这不就是国际写作营社里的宗旨吗，为作家提供灵感的空间与条件。

在这种偏僻的地方，杀个把人，就地埋了，或者开车出去毁尸灭迹，方圆都没有摄像头，目击者只有野鹿，看见了也不会说人话，这简直就是杀人狂最喜欢的自助游乐园啊。

"那我也算是光荣殉职啦，"主任指了指花园左侧的一块空地，"那就把我塑成一尊铜像摆在那边呗，我知道我这身材挺费铜的，不知道基金会是不是舍得这笔预算。"

多年后，我与老夫子、强尼和露西都还有联络。

我们写邮件，在脸书上相互点赞，有时候还通个电话什么的，远距离让所有关系都变得舒适优美，让所有人看上去都体面而正常。

事实上我依然可以感觉到那种特殊的存在，我们交往得就像在一起做过不光彩的事情，又决心一同保守秘密的孩子，这让我们的亲密程度比一般熟人高。

然而我可以负责任地说，后来他们在写作与社会生活中取得的成就，充分证明了他们是正常人，跟一般人没什么两样。不信，可以浏览他们的网站，购买他们的新书，以及在读者见面会上对着他们微笑。

唯一联系不上的人是主任。

我通常隔月给他写一封邮件表达问候，互诉近况。听说城堡花园里的苹果树又成熟了，厨师大婶用来做了苹果派。城堡后山的图书馆门前新种了两棵梨子树。全球变暖，有一年城堡经历了暖冬，礁石底下的水位都变高了云云。

两年前的一个万圣节，他忽然不再回复我的邮件。

我以为他忘记了，催促不雅。我等了两个月，又去信一封，依然音讯全无。

去年和今年的新年，我都依然写信给他。他仿佛人间蒸发，也许一言成谶，他果真遇见了致命的陌生人。他此前在这个职位上干了七年，算是运气很好，已经活着见过了这么多比麋鹿还危险的作家。

那么他的铜像是已经建起来了吗？看来我得给基金会写一封信，委婉地讲述一遍主任想要在殉职后立一座铜像的心愿，以及他对这份职业的高尚奉献。

他是自己向着麋鹿走过去的。

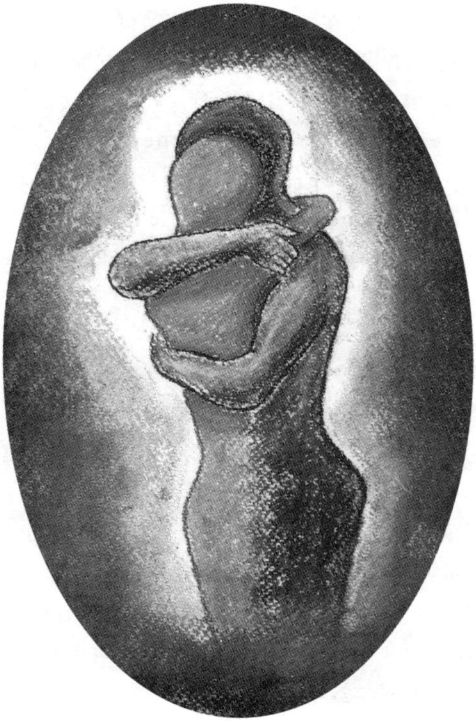

欧洲作家点评

孙未是一位真正在文学世界中探索的作家。她的写作，一方面漫步于当下经验的高峰，另一方面从最深沉的创作源泉，即人类的灵魂中汲取养分。

（Sun Wei ist eine wahre Entdeckerin im Reich der Literatur. Ihr Schreiben bewegt sich auf dem Scheitelpunkt der Gegenwart und gleichzeitig schöpft sie aus unserer tiefsten Quelle—der menschlichen Seele.）

——德国小说家　托马斯·朗（Thomas Lang）

写得简单是一件很难的事，但孙未知道怎么写。

（Det är svårt att skriva enkelt. Sun Wei kan konsten.）

——瑞典小说家　佩特·利贝克（Petter Lidbeck）

这本书就像一股暗流：在你尚未察觉时，这位出色的作家已经从你脚下抽走了坚实的地基。

（Ein Buch wie eine Unterströmung: ehe man es sich's versieht, hat einem diese grosse Autorin den Boden unter den Füssen weggezogen.）

——瑞士小说家　米凯莱·米内利（Michele Minelli）

凯文的故事是一部切中时代的寓言。它讲述了商业物质主义如何戕害了一个人的灵魂，也提醒着人们，在这个"人类挤满世界"的地球上，成群结队的灵魂正带着伤痕，掏空了社会，剥削大自然，将它的一切逼向灭绝的边缘。

这个星球和它的所有居民都会饱受自然资源过度开发之苦，而这时我们发现，这部小说传达的信息恰恰是至关重要的。

（Kevin's story is a timely allegory on the damage which corporate materialism wreaks on the individual's soul. And in a world where 'people are everywhere' how armies of damaged souls hollow out society and exploit nature to the brink of extinction. In a time when the planet and all its inhabitants suffer from the over-reaping of nature's bounty, the message of this novel is most essential.）

——爱尔兰诗人　帕特里克·科特（Patrick Cotter）

孙未总能以机智幽默的笔触写下社会和其中芸芸众生的故事，同时又带着对人的敏锐洞察力。

（Sun Wei skriver morsomt og intelligent om samfunnet og de som bebor det, med et skarpt blikk for menneskelig dårskap.）

——挪威诗人、小说家　卡尔·约翰森（Carl Johansen）

孙未是一位出色又令人惊奇的作家，她在这本书中直接敲出了孤独的骨髓。如果你想知道你会有多孤独——哪怕是身在人群包围之中，那就请参加写作营吧！

（Sun Wei on poikkeuksellinen ja upea kirjoittaja, joka tässä kirjassaan viiltää syvälle yksinäisyyden ytimeen. Jos olet miettinyt miten yksinäiseksi voi itsensä tuntea ihmisten keskelläkin, kokeile kirjailijaresidenssiä!）

——芬兰诗人　凯亚·兰塔卡里（Kaija Rantakari）